बादल-बादल प्यास

दोहा सतसई

बादल-बादल प्यास

दोहा सतसई

मनीष बादल

MANJUL

मंजुल पब्लिशिंग हाउस

MANJUL

मंजुल पब्लिशिंग हाउस

कॉरपोरेट एवं संपादकीय कार्यालय

• द्वितीय तल, उषा प्रीत कॉम्प्लेक्स, 42 मालवीय नगर, भोपाल-462 003

विक्रय एवं विपणन कार्यालय

• सी-16, सेक्टर 3, नोएडा, उत्तर प्रदेश, 201301

वेबसाइट : www.manjulindia.com

वितरण केन्द्र

अहमदाबाद, बेंगलुरू, कोच्चि, कोलकाता, चेन्नई,
हैदराबाद, मुम्बई, नई दिल्ली, पुणे

बादल-बादल प्यास

यह संस्करण मंजुल पब्लिशिंग हाउस द्वारा 2024 में प्रकाशित

ISBN 978-93-5543-545-3

मुद्रण व जिल्दसाज़ी : रेप्रो इंडिया लिमिटेड

ओजस, मासुमी एवं शोख़ी को स्नेहवश

शुभकामना सन्देश

मात्र दो पंक्तियों में जीवन का सार लिख देना दोहा है। सार में से असार को निकालना व असार में से सार को प्रत्यक्ष कर देना ही संसार है। प्रिय मनीष, परमात्मा की कृपा से आप इस कला में सिद्ध हैं, आपके दोहे सरस, सरल सार्थक और उपयोगी होते हैं। आपकी इस नवीन पुस्तक ''बादल-बादल प्यास'' के लिए हार्दिक बधाई व अशेष शुभकामनाएँ।

–आशुतोष राना

फ़िल्म अभिनेता, मुंबई

जीवन के कठिन सफ़र में राह दिखाता दोहा-संग्रह : बादल-बादल प्यास

हिन्दी दोहा छंद, शताब्दियों से भारतीय समाज, साहित्य और संस्कृति में इतना रचा-बसा है कि यह हमारे लोक-जीवन का एक अभिन्न अंग हो गया है। दो पंक्तियों का सूक्ति-धर्मी मुक्तक छंद दोहा, अपने भीतर व्यापक अर्थ समेटे अपनी लघुता, तीक्ष्णता और सम्प्रेषणीयता के कारण जनमानस का सदैव प्रिय बना रहा है। इसमें निहित अर्थ की विराटता, वेधकता, व्यंजकता, व्यापकता और विषयनिष्ठता इसे विशिष्ट और श्रेष्ठ बनाती है।

अपनी लम्बी विकास-यात्रा में दोहा, अपभ्रंश से होते हुए आज की खड़ी बोली और क्षेत्रीय बोलियों तक निरंतर भारतीय जनमानस से जुड़ा रहा है। वास्तव में दोहा गागर में सागर को भरने जैसी कठिन विधा है। विराट कथ्य को कुशलता से समेट लेने का अपार सामर्थ्य उसने अनेक बार सिद्ध किया है। आदिकाल में कालिदास के विक्रमोवर्षीयम् से चलते हुए 'सरहपा' ने सर्वप्रथम इस छंद का प्रयोग हिन्दी में किया, जिसे आगे चलकर अमीर खुसरो, चंद्रवरदाई, जायसी, कबीर, तुलसी, रहीम, बिहारी, गिरधर, वृन्द से होकर आधुनिक कवियों ने आगे बढ़ाया।

समकालीन हिन्दी कविता-परिदृश्य में दोहे ने हमें चमत्कृत किया है। आज हिन्दी छंदों में सर्वाधिक लेखन दोहा छंद का ही हो रहा है। दोहा दिन-प्रतिदिन अधिक सार्थक और व्यापक समृद्धि की ओर अग्रसर है। आज जो अनेकानेक दोहाकार सामने आ रहे हैं, उनमें मनीष बादल एक उल्लेखनीय दोहाकार के रूप में अपने समय की सार्थक व्यंजना प्रस्तुत कर रहे हैं।

बहुमुखी काव्य-प्रतिभा के धनी मनीष उन कवियों में से हैं, जो अपनी सार्थक रचनात्मकता के लिए बहुत श्रम करते हैं। उनका ग़ज़ल संग्रह 'दो मिसरों में' बहुत चर्चित हुआ है। चूँकि ग़ज़ल के शेर और दोहा की संरचना में काफ़ी हद तक शिल्पगत साम्य है, यही कारण है कि प्रत्येक ग़ज़लकार दोहे भी आसानी से लिखता है। यह विधागत आवाजाही दोनों विधाओं के

विकास में सहायक हुई है। कई वर्षों के दोहा-लेखन के बाद मनीष का यह संग्रह 'बादल बादल प्यास' पाठकों के बीच आ रहा है, जो पुस्तक-प्रकाशन के प्रति उनके संयम को दर्शाता है।

'बादल बादल प्यास' के सात सौ बीस दोहे पढ़कर लगता है कि ये दोहे, आधुनिक दोहों की नयी फ़स्ल के रूप में हमारे सामने आए हैं। दोहा-संग्रहों की यह 'सतसई परंपरा' में सबसे पहली सतसई सोलहवीं शताब्दी में गोस्वामी तुलसीदास की मिलती है, उसके बाद असंख्य सतसैयाँ आईं हैं। मनीष बादल की यह सतसई इस परंपरा को और आगे बढ़ाती है।

इन दोहों में मनीष एक संवेदनशील और जागरूक रचनाकार के रूप में कथ्य की नव्यता और प्रौढ़ता के साथ उपस्थित हैं। विशेष बात यह है कि उन्होंने अपने दोहों को विषयवस्तु के आधार पर विभिन्न शीर्षकों में सुविचारित वर्गीकरण किया है, जो इन दोहों को संदर्भित करने में हमारी सहायता करता है। इस वर्गीकरण से दोहाकार के चिंतन के विस्तार को भी समझा जा सकता है। ये दोहे चौंतीस शीर्षकों में विभक्त हैं। प्रमुखतः गुरुवर, पुस्तक, रिश्तों के तार, निज भाषा, राम, कृष्ण, दीप पर्व, ऋतुएँ, त्यौहार, गाँव, राजनीति, ढोंग एवं पाखंड, कवि, मजदूर, पानी, कोरोना और नारी विमर्श आदि... ऐसा लगता है जैसे मनीष, जीवन के प्रत्येक विषय को दोहे की अंतर्वस्तु बना लेना चाहते हैं। इस अंतर्वस्तु के वैविध्य की पड़ताल करने की जिज्ञासा से मैंने जब संग्रह में प्रवेश किया तो सबसे पहला शीर्षक मिला- "माँ शारदे-आह्वान" और उसके दूसरे दोहे के माध्यम से कवि की नयी सृजनात्मकता की कामना और मानवता के स्वप्न को साकार करने की आकांक्षा, पुस्तक पढ़ने के लिए उत्सुकता बढ़ा देती है -

शब्द नए नित गढ़ सकूँ, भाव मिले आकार।
वरदहस्त हो अक्षरा, स्वप्न करूँ साकार।।

लेकिन जीवन के दोनों पहलुओं, स्वप्न और यथार्थ का द्वंद्व जल्दी ही उनके सामने आकर खड़ा हो जाता है -

सच को मैंने सच कहा, कहा झूठ को झूठ।
बस मुझसे मेरे सभी, गए तभी से रूठ।।

जीवन की यह विडम्बना और विसंगत स्थितियों को देखकर कवि व्यथित हो उठता है –

जीवन की इस राह में, यही किया बस फ़ील।
ख़ुशियाँ गज-दो-गज चलीं, दुःख तो मीलों-मील।।

जीवन का यथार्थ उसके सामने वैयक्तिक और सामाजिक स्थितियों में असंतुलन के रूप में आड़े आता है, जब कवि यह देखता है –

पैरों में चप्पल नहीं, कपड़ा नहीं शरीर।
यूँ भी देखा कीजिए, भारत की तस्वीर।।

कवि समझ जाता है कि यह सच भूख का है, ग़रीबी का है, शोषण का है, असमानता का है, अन्याय का है और वह उसका पर्दाफ़ाश करने लगता है –

यही चरम है भूख का, और यही संत्रास।
भूख, भूख को खा रही, प्यास पी रही प्यास।।

धरती-पुत्र और हमारे अन्नदाता किसान की त्रासदी देखकर वह बेचैन हो जाता है –

थकन तोड़ती है बदन, कितना है मजबूर।
गमछा ओढ़ा चल दिया, खेतों में मज़दूर।।

उस किसान पर गिर रही, ऋण की ऐसी गाज ।
मूल चुका पाता नहीं, बढ़ता जाता ब्याज।।

नगरीय विकास के आधुनिक रूप ने हमारे गाँवों को हाशिए पर धकेल दिया है। हम अपने गाँवों की उस प्यारी संस्कृति को कैसे भूल सकते हैं –

गन्ने से गुड़ बन रहा, गमका सारा गाँव।
दोना लेकर आ गये, बच्चे नंगे पाँव।।

तेज़ी से बदलते समाज में दोहाकार भूख, अभाव और शोषण के कारणों और कारकों की ख़बर लेता है तथा जो हमसे छूट रहा है, उससे व्यथित लगता है। वह मनुष्य-मनुष्य के बीच के रिश्तों में आपसी नेह, सौहार्द्र, आनन्द, सुख, संतोष, अनुराग आदि की तलाश करता है –

नए मशीनी दौर में, बस धन से अनुराग।
हाथ नहीं कुछ आ रहा, केवल भागमभाग।।

और इस ज़ेहनी भागमभाग की यह परिणति है कि मानवीय सम्बन्धों में प्रेम की जगह घृणा और हिंसा लेती जा रही है –

हम अन्तस के पैरहन, जेबें भरे तमाम।
घृणा एक क्विंटल भरे, प्यार सवा सौ ग्राम।।

मातृभाषा प्रत्येक समाज और उसकी संस्कृति की आत्मा होती है, आज हिन्दी की दुर्दशा पर कवि को क्षोभ है। उसकी चिंता और चिंतन इस दोहे में झलकते हैं –

सब भाषाओं को किया, बस बहिनों-सा प्यार।
गले लगा हिन्दी करे, सबको अंगीकार।।

दोहों में जब व्यंग्य समाहित होता है, तो दोहा अधिक प्रभावशाली हो जाता है। विद्रूप होते समय की पोल खोलते मनीष बादल के ये व्यंग्यपूर्ण दोहे मारक और धारदार हैं। यह बहुत बड़ा दोहा है, जो हमें अपने समय की त्रासदी से भी परिचित करा रहा है –

जाने कैसा चल रहा, है यह अदबी खेल।
मंच-लतीफ़े हिट हुए, कविता होती फेल।।

आधुनिकता की दौड़ में बदलते इस समाज में तेजी से आ रही मूल्यहीनता ने इंसान को नक़ली बना दिया है। सम्बंधों का क्षरण तथा मूल्यों का पतन इस दौर की बहुत बड़ी त्रासदी है। सम्बंधों को लेकर जिन बिम्बों व प्रतीकों का प्रयोग बादल नें किया है, वे विशिष्ट हैं -

जब रिश्तों पर पड़ रही, आज स्वार्थ की आँच।
नाजुक रिश्ते टूटते, जैसे टूटे काँच।।

कवि सम्मेलनों में 'माँ' और 'पिता' विषय का भावुक महिमामंडन एक फ़ैशन-सा बन गया है। लेकिन यह सुखद है कि मनीष नें उनकी भावुक आरती नहीं उतारी है बल्कि माँ और पिता का हमारे जीवन में क्या महत्व है, इसे रेखांकित किया है -

थके पिता कब हैं दिखे, मुख पर लिए थकान।
घर भर में ताकत भरे, बस उनकी मुस्कान।।

शीतलता है चाँद-सी, सूरज जैसी तेज़।
माथे की बिंदी दिखे, हर गुण से लबरेज़।।

समाज में आ रहे गहरे सामाजिक, आर्थिक और सांस्कृतिक अवमूल्यन से समाज निरंतर कुरूप होता जा रहा है -

सच कहने में आजकल, जितनी डरे जुबान।
उससे भी ज़्यादा डरे, सच सुनने में कान।।

कट्टरता, अंधश्रद्धा और साम्प्रदायिकता के बढ़ते जाल से आज का आम आदमी कितना आशंकित और असुरक्षित महसूस कर रहा है। ऐसे में कवि

प्रश्नाकुल होकर पूछता है कि आपसी भाईचारे और समरसता के प्रयास अब कौन करे-

रिश्तों की तुरपाइयाँ, अब करता है कौन।
रिश्ते झीने क्या हुए, सब हो जाते मौन।।

आपसी सम्बंधों के बीच आजकल शब्दों के प्रयोग में सावधानी कितनी ज़रूरी है, इसकी चेतावनी देता मनीष का यह दोहा उल्लेखनीय है -

सोच समझ कर बोलिए, रहे न कोई खेद।
नाव डुबोने के लिए, एक बहुत है छेद।।

दरअसल आम जन-जीवन की मुश्किलों और पीड़ाओं को इन दोहों में वाणी मिली है। इन दोहों से कवि के अपने समाज से गहरे रिश्ते का पता चलता है। यहाँ बाज़ारवाद और महानगर की धन-संस्कृति पर भी उनके अनेक मार्मिक दोहे आए हैं, बानगी के तौर पर यह दोहा देखें -

चकाचौंध बाज़ार में, कैसी रेलमपेल।
त्यौहारों में दिख रहा, बस पैसों का खेल।।

आज की मूल्यहीन राजनीति पर भी वे चोट करने से नहीं कतराते। यहाँ दोहाकार की निर्भीक यथार्थवादी दृष्टि ग़ौरतलब है -

निर्धन के भगवान बन, बना लिए सरकार।
कुछ दिन में फिर तन गये, महल, हवेली चार।।

इसी तरह वे जानते हैं कि पौराणिक काल से आजतक नारी को वह सम्मानजनक स्थान नहीं मिल पा रहा है, जिसकी वह हक़दार है। दोहाकार पूरी आवाज में इस विसंगति को उठाता है -

नारी तेरी अस्मिता, हरदम लगती दाँव।
खेल जुआ हारे कभी, कभी बेड़ियाँ पाँव।।

पुरुषों से है कम नहीं, महिलाओं की शान।
ख़ाकी में सब बेटियाँ, भारत का अभिमान।।

वृद्धावस्था मनुष्य-जीवन का सबसे संपृक्त समय होता है, इसमें उनके अनुभव और दृष्टि नयी पीढ़ी के जीवन को राह दिखा सकती है, जैसे एक पुस्तक अपने ज्ञान से हमें समृद्ध करती है -

उलट-पुलट पढ़ते रहे, जीवन के अध्याय।
निज अनुभव ही श्रेष्ठ है, पुस्तक का पर्याय।।

पारिवारिक सम्बन्धों के बीच दिल के भावों की माला के धागे के रूप में प्रेम की शक्ति की सुन्दर प्रस्तुति देखिए -

सिखा गया गहरा सबक, हमें एक रँगरेज़।
रँगा नहीं करते कभी, दिल के दस्तावेज़।।

एक संवेदनशील कवि सदैव सृजन-चेतना का पक्षधर होता है, तभी वह यथास्थिति से बदलाव का स्वर बुलंद करता है -

चौसर पर है ज़िन्दगी, पासा शकुनी पास।
फिर भी रखकर हौसला, लड़ता निज विश्वास।।

क्योंकि जीवन में आशा या उम्मीद अदम्य है, अमर है -

नित्य मिलाता सूर्य जब, अँधियारे को ख़ाक।
तब किरणें हैं बाँटती, उजियारे की डाक।।

इसी उजियारे की डाक उसकी प्रेरकता है। मनीष बादल के दोहों में ऐसे अनेक प्रेरक और जागरण के दोहे हैं, जो अपने समाज के उत्थान का, आत्मविश्वास का पाठ पढ़ाते हैं –

हासिल उसको कुछ नहीं, जिसे ग़ैर से आस।
मृगतृष्णा से कब बुझी, मानव–मन की प्यास।।

इनके दोहों की कहन में सूक्ष्म भाव और पैनापन इन्हें सूक्ति में बदल देता है –

अहम् अगर घर कर गया, सब कुछ होता राख।
ज्ञान मरा रिश्ता मरा, जतन करो तुम लाख।।

इस तरह उपरोक्त दोहों में मनीष ने जीवन की विसंगतियों, विद्रूपताओं तथा सामान्यजन के दुःख–दर्द को सूक्ष्मता से अभिव्यक्त किया है तथा बेहतर जीवन हेतु दिग्दर्शक सूक्तियाँ प्रस्तुत की हैं जो हमारे जीवन के कठिन सफ़र में राह दिखाते हैं। इसके लिए उन्होंने विषय–विविधता और समसामयिक सन्दर्भों का बख़ूबी निर्वाह किया है। यहाँ दोहा विधा पर भी प्रेरक दोहे हैं। यहाँ कथ्य की कई पर्तें खुलती हैं, जो पाठकों को नया बोध कराती हैं। अतः कह सकते हैं कि इन दोहों में जीवन अपनी व्यापकता के साथ अनेक रंगों में प्रस्तुत हुआ है।

विशेष बात यह है कि इन दोहों में परंपरा और आधुनिकता का अद्भुत समन्वय इन्हें आत्मीय बनाता है। इन दोहों में मनीष बादल साधारण आदमी के पक्षधर कवि हैं, जहाँ ज़रूरतमंदों के दुःख–दर्द के प्रति उनकी गहरी संवेदना का इज़हार हुआ है। आधुनिक विषयों पर भी इस संग्रह में अनेक भावपूर्ण, अर्थपूर्ण और प्रेरक दोहे आये हैं। ये दोहे इसलिए भी अनूठे हैं कि इनमें युगीन संत्रास को बड़ी कलात्मकता के साथ पिरोया गया है। अपने विशिष्ट कथ्य के कारण संग्रह में ऐसे अनेक दोहे हैं, जो लोगों की जुबान पर चढ़कर बोलते हैं। यह कथ्य उनके जीवनानुभवों का निचोड़ हैं, जो उनके परिवेश का परिचय देता है। मनीष का यह काव्य–शिल्प उनकी लगन और साधना का ही प्रतिफल है। दूसरी महत्वपूर्ण बात है कि उनके दोहों की रचनाधर्मिता भावों से अनुप्राणित है, जो पाठक के हृदय को स्पर्श करती है। इनमें प्रयुक्त

अछूते बिम्ब और प्रतीक इन्हें उल्लेखनीय बनाते हैं। चूँकि वे अच्छे गायक भी हैं, इसलिए इन दोहों में जगह-जगह उनके गेय-तत्व के प्रमाण मिलते हैं। इन दोहों की लयात्मकता भी इन्हें आकर्षक बनाती हैं। ऐसे अनेक गुण इन दोहों को पठनीय और उद्धरणीय बनाते हैं।

इन दोहों की और ख़ास बात इनकी सहज और सरल भाषा है, जो बड़े से बड़े भाव को बड़ी सरलता से प्रस्तुत कर देती है। यहाँ प्रचलित अंग्रेज़ी शब्दों का सहज प्रयोग है। यहाँ मनीष दोहे की भाषा का नया मुहावरा विकसित करते नज़र आते हैं। उनके यहाँ मिथकीय प्रतीक नारायण, राम, कृष्ण, राधा, विष्णु, शबरी, विभीषण, एकलव्य, भीम, द्रोण, भीष्म आदि तथा ऐतिहासिक प्रतीक जैसे अशोक, पन्ना धाय के प्रयोग भारतीय संस्कृति से उनके गहरे जुड़ाव को पुष्ट करते हैं।

अर्थात मनीष यहाँ जिस सृष्टि और दृष्टि के साथ अपनी संवेदना और अनुभूति से गूँथ कर इन सात सौ से अधिक दोहों की माला पेश कर रहे हैं, वह जीवन और जगत से जुड़े विविध विषयों, स्थितियों और संदर्भों की ताज़गी से भरी है। इन दोहों से वे अपने चारों ओर पसरी ख़ामोशी को यूँ तोड़ते हैं कि ये लोगों के हृदय में जाकर एक वैचारिक गूँज उत्पन्न करने लगे।

आशय यह है कि इस संग्रह के जरिए मनीष बादल एक समर्थ दोहाकार के रूप में सामने आते हैं। उनके पास समय, समाज और व्यवस्था को समझने की गहरी अंतर्दृष्टि है और उन्हें अभिव्यक्त करने की सामर्थ्य भी है। मुझे पूरा विश्वास है कि 'बादल बादल प्यास' आधुनिक दोहे की विकास-यात्रा में महत्वपूर्ण कृति के रूप में समादृत होगा। चूँकि इस संग्रह के दोहे लोकसंवेदना और लोकमंगल की भावना से लैस है, अत: इनसे उपजा लोक-स्वर और लोक-चेतना लोकमानस को समृद्ध करेंगे। मेरी कामना है कि मनीष बादल का यह दोहा-लेखन यूँ ही प्रवाहमान बना रहे।

-हरेराम समीप

वरिष्ठ साहित्यकार

फ़रीदाबाद, हरियाणा

बादल जो प्यास जगाए उसे कौन बुझाए...

आत्मीय बंधु / भगिनीगण,

आदरणीय मनीष जी बादल से सूचना मिली कि सद्य प्रकाश्य ग्रंथ 'बादल-बादल प्यास' अपने प्रकाशन के अंतिम चरण में है। आपसे प्राप्त सूचना से यह ज्ञात हुआ कि बहु प्रतीक्षित यह पुस्तक अब छपकर हम सबके हाथों में आने वाली है तो मन की प्रसन्नता कई गुना बढ़ गई। लेखक के इस ग्रंथ के साथ संवेदना की शक्ति तो है ही, उस पर सोने पर सुहागा यह कि उनका छंद पर विशेषाधिकार है। ये इस ग्रंथ की दो सशक्त भुजाएं हैं।

आप स्वयं लंबे समय से लेखन के क्षेत्र में सक्रिय हैं। आपके परिश्रम की यह सुंदर परिणीति अप्रतिम बन पड़ेगी, इसमें कोई संशय नहीं। आपकी रचनाओं के विषय चयन और प्रस्तुतियाँ पाठकों को लुभाएंगे।

स्वाभाविक रूप से इन दिनों रचनाकारों की मुख्य शिक़ायत यही है कि उन्हें सहज रूप से अच्छे पाठक नहीं मिल पाते, पठन-पाठन हाशिये पर जा रहा है किन्तु जब अच्छे हृदय से यह काम किया जाता है तो सफलता चरण चूमती है। आपकी पुस्तक इस बात को सिद्ध करने में सक्षम सिद्ध होगी कि पुस्तकें जब सामाजिक और राष्ट्रीय सरोकार के साथ अवतरित होती हैं तो पाठक भी उसका स्वस्ति वाचन करते हैं। इसी का उदाहरण है कि आपकी प्रथम पुस्तक "दो मिसरों में" जो एक ग़ज़ल संग्रह है और जिसका पहला संस्करण साहित्य अकादमी मध्य प्रदेश के ही सहयोग से 2023 में प्रकाशित हुआ था, का दूसरा संस्करण एक साल बाद ही 2024 में आ गया।

मैं आपके लिए हृदय से शुभकामनाएँ व्यक्त करता हूँ और ईश्वर से प्रार्थना करता हूँ कि वह आपको ख़ूब सक्षम बनाएँ ताकि आप उत्कृष्ट लिखते रहें।

पुनः बधाई और शुभकामनाओं सहित...

सदैव सा

-डॉ विकास दवे

निदेशक, साहित्य अकादमी,

मध्यप्रदेश शासन, भोपाल

बादल जैसे बादल के दोहे

'बादल' बादल से कहे, बादल हो तुम ख़ास।
बादल-बादल बूँद हो, बादल-बादल प्यास।।

मैं मनीष बादल के दोहों से गुज़र रहा हूँ और सच बताऊँ तो भीग रहा हूँ। बादल जैसे ही हैं बादल के दोहे, कथ्य के पानी से भरे हुए, कसे शिल्प के साँचे में ढले हुए, कविता की प्यास बुझाते हुए। इन दोहों में ज़िन्दगी की आँच है जो शिद्दत से महसूस हो रही है। सोच का व्यापक फ़लक है जो बरबस खींच रहा है। थोक के भाव, फ़ैशन के दबाव में नहीं रचे गए हैं ये बल्कि आत्मा की आवाज़ बनकर उभरे हैं। इनमें हमारा समकाल बोलता है, संवाद करते हैं ये। समाज सजग इन दोहों में एक सतत जागते हुए रचनाकार का मन झिलमिलाता है। ये दुखती रग पर हाथ रखते हैं और नीयत की शल्य क्रिया भी करते हैं। मानवीय सरोकार और संवेदनात्मक ताप का वैशिष्ट्य इन्हें भीड़ से अलग एक सम्पूर्ण चेहरा अता करता है। इनमें अभिव्यक्ति का लोकतंत्र है। ये जीवन को परिभाषित करने वाले दोहे हैं। आइए कुछ दोहों का लुत्फ़ लेते हैं...

पूनम की है चाँदनी, कभी अमावस रात।
इससे ज़्यादा कुछ नहीं, जीवन की औक़ात।।

सच कहने में आजकल, जितनी डरे ज़ुबान।
उससे भी ज़्यादा डरे, सच सुनने में कान।।

राजनीति में चल रहे एक नए खेल को प्रतीकात्मक रूप से कितनी सरलता से मनीष बादल ने व्यक्त किया है –

कुछ साँपों की हो गयी, जब बाजों सँग 'डील'।
चिंता, भय उनके हुए, ताक़त में तब्दील।।

दोहों के छोटे से फ्रेम में आसमान को मढ़ देना, शायद यही होता है। सामाजिक विसंगतियों को स्वर देते हुए बादल कभी भी कविता के रूपाकर को क्षतिग्रस्त नहीं होने देते। एक उजली परंपरा का निर्वहन करते हुए वो हर वक़्त अधुनातन बोध से लैस रहते हैं। इनमें एक कबीर साँस लेता है, एक रहीम दिल की तरह धड़कता है। उनका रौशन ज़ेहन युगीन परिस्थितियों के चप्पे-चप्पे पर निगाह रखता है और रीढ़ सीधी रखकर समय के सामने चट्टान-सा खड़ा होता है, तभी तो वो कह उठते हैं -

तंज 'सपोलों' ने कसे, किया अनादर घोर।
दम घुटने से हो गये, लुप्त 'डायनासोर'।।

या फिर-

तन को दस-दस रोग दे, मन में करती शोर।
'बादल' कहता है तभी, चिंता आदमख़ोर।।

कितने निर्दोष अंदाज़ में कितनी बड़ी बात दोहाकार कह जाता है, इस दोहे में कितना कुछ लिखा है, इसपर पूरा निबंध लिखा जा सकता है -

मानव को चुभने लगे, जब ऊँचे क़द, नाम।
तब गमलों में बो दिए, बरगद पीपल आम।।

निर्धनता अभिशाप है। निर्धन जहाँ इसकी मार झेलता है वही भावुक लोग उसकी दशा देखकर आँखें गीली करते हैं। भावनाओं में बहकर मनीष बादल की क़लम चल उठती है...

सेहत से रोटी बड़ी, तभी रहा वो खाँस।
भर गुब्बारा बेचता, बूढ़ा अपनी साँस।।

चादर पर चादर चढ़ी, मोटी हुई मज़ार।
वहीं ठिठुर कर मर गया, इक बूढ़ा लाचार।।

किसने छीने बोलिए, बचपन के अंदाज़।
'बादल' रोता देखकर, बच्चे उम्रदराज़।।

पैरों में चप्पल नहीं, कपड़ा नहीं शरीर।
यूँ भी देखा कीजिए, भारत की तस्वीर।।

नाम कटा (इ)स्कूल से, निर्धन भरा न फ़ीस।
रह-रह कर उठती रही, एक पिता की टीस।।

तमाम दोहों को पढ़ने के बाद मुझे बादल के लेखनी की ख़ास बात ये भी लगी कि इन्होंने भाव को व्यक्त करने के लिए शब्दों का चयन एक ओर जहाँ बहुत सटीक किया है वहीं दूसरी ओर भारी-भरकम शब्दों के प्रयोग से बचते हुए आम बोलचाल और रोज़मर्रा के जीवन में प्रयोग होने वाले शब्दों में ही दोहे रचे हैं, जो हर वर्ग के पाठकों के मन में तुरंत उतरते हैं।

निश्चित ही मनीष बादल का दोहा संग्रह "बादल-बादल प्यास" हमारे युग की आवाज़ बनेगा, ऐसा पक्का यक़ीन है... आमीन!! आमीन!! आमीन!!

–यश मालवीय
सुप्रसिद्ध गीतकार
प्रयागराज, उत्तर प्रदेश

पाठकों की ज़ुबान पर चढ़ने वाले दोहे

भोपाल में मेरी बहन क्षमा कुलश्रेष्ठ रहती है। मनीष श्रीवास्तव 'बादल' से उसी के घर कुछ वर्षों पहले मुलाक़ात हुई। तब मुझे मनीष के बारे में यह नहीं पता था कि ये एक अच्छे रचनाकार भी हैं। हम बाद में सोशल मीडिया पर भी जुड़े जहाँ मुझे मनीष की रचनाएँ अक्सर पढ़ने को मिलती रहती हैं। प्रत्येक रविवार को "संडे की पाठशाला" में उनके ग़ज़ल, दोहे, गीत आदि पढ़कर मैं अचंभित और प्रभावित होता हूँ कि ये कैसे बिना किसी लाग-लपेट के सीधे-सीधे आसान शब्दों में अपने जीवन से चुराकर और समाज से मिले अनुभवों को आधार बनाकर उत्कृष्ट काव्य का सृजन कर देते हैं। इनकी लेखनी में एक ईमानदारी झलकती है। यह कहना अतिशयोक्ति नहीं होगी कि मनीष बादल मेरे कुछ पसंदीदा रचनाकारों में एक हैं।

कुछ महीनों पहले जब इन्होंने मुझे अपनी पहली पुस्तक, ग़ज़ल संग्रह "दो मिसरों में" उपहार स्वरूप दी तो इनकी ग़ज़लों ने मुझे बहुत प्रभावित किया था। अभी कुछ दिनों पहले इन्होंने कॉल पर बताया कि इनकी दूसरी पुस्तक, दोहा संग्रह "बादल-बादल प्यास" आने वाली है और इन्होंने दोहे भेजते हुए अधिकार पूर्वक कहा कि "भैया, आपको इन्हें पढ़कर अपने विचार लिखने हैं", तब समय की व्यस्तता दिमाग़ में घूम गई। पर छोटे भाई की बात थी तो पढ़ना और लिखना ही था। विषय से थोड़ा हटकर बताना चाहूँगा कि अगर मैं मनीष से जुड़ा हूँ, उनके लिए कुछ लिख रहा हूँ तो ये बस इसलिए कि लेखन के अलावा उनका जो स्वभाव है वो हर किसी का दिल जीतने वाला है। मेरी बहन क्षमा भोपाल में है और मैं मुंबई में हूँ पर मुझे ऐसा कभी नहीं लगता कि मैं वहाँ नहीं हूँ क्योंकि मनीष वहाँ हैं।

ख़ैर, मैंने यह अनुभव किया है कि ग़ज़ल की तो तमाम किताबें प्रकाशित होती रहती हैं और मुझे मिलती रहती हैं परन्तु दोहे की किताब बहुत कम ही आती है। बस इसी कारण से मुझे इन दोहों को पढ़ने की और उत्सुकता हुई। इन्हें पढ़ने पर मुझे सुखद आश्चर्य तब हुआ जब पाया कि मनीष की ग़ज़लें

जितनी अच्छी होती हैं, दोहे भी उतने ही प्रभावी होते हैं। सच बोलूँ तो मैं इन दोहों का कायल हो गया। मैंने दुष्यंत कुमार जी की ग़ज़लें ख़ूब पढ़ी हैं और लाखों पाठकों की तरह इनका ज़बरदस्त प्रशंसक हूँ। तभी ग़ज़लों के बारे में इतना जानता हूँ कि 'दो मिसरों में' शे'र बहुत गहरी छाप छोड़ते हैं। अब मनीष के दोहे पढ़कर यह समझ आया कि दो पंक्तियों में लिखे गए दोहों की तासीर भी कमतर नहीं है।

एक अच्छा रचनाकार वो है जो अलग सोच रखे और अपनी बात कहे। मुझे कबीर का ये प्रसिद्ध दोहा याद आ रहा है कि -

बड़ा हुआ तो क्या हुआ, जैसे पेड़ खजूर।
पंथी को छाया नहीं, फल लागे अति दूर।।

जबकि यहाँ मनीष का अपना अलग ही विचार है, वे लिखते हैं -

मददगार करते मदद, पास रहें या दूर।
दूरी से भी फल दिया, जैसे वृक्ष खजूर।।

जब हमारी आदत हो गई है कि हम हर ग़लत बात के लिए कलियुग को ज़िम्मेदार बता देते हैं तब मनीष का सोचना है कि अच्छाई-बुराई हर युग का अहम् हिस्सा रही है, युग विशेष पर आक्षेप उचित नहीं है -

सतयुग-त्रेता में दिखे, द्वापर-कलियुग संग।
हर युग में दिखते रहे, श्वेत-श्याम से रंग।।

वहीं कुछ दोहों में मनीष ज्ञान की बात भी बहुत ही सहजता और सरलता से करते हैं -

समय-समय पर कीजिए, समय-समय की बात।
समय-समय की सीख से, समय सुधारें तात।।

अतिशयता अच्छी नहीं, हो चाहत या रार।
सीमा में रखिए सदा, अपने सब व्यवहार।।

सोच समझकर बोलिए, रहे न कोई खेद।
नाव डुबोने के लिए, एक बहुत है छेद।।

इंसान के जीवन में उतार-चढ़ाव आता ही है। मुश्किल समय में अपनों द्वारा साथ छोड़ देने पर जहाँ कई टूट जाते हैं वहीं मनीष यहाँ भी ''आपदा में अवसर'' तलाश करते हुए दोहे लिख देते हैं और ख़ुद को अवसाद से बाहर निकालने में अपनी ही मदद करते हुए दिखाई देते हैं। ये दोहे देखिए-

जब से उसको लग गया, नाकामी का रोग।
'बादल' ने देखे यहाँ, बदले-बदले लोग।।

मुस्कानों में खोजिए, उसके सारे घाव।
वो मुख पर है लेपता, ख़ुशहाली के भाव।।

वो खुलकर हँसता रहा, अचरज में संताप।
थकी-थकी सब साज़िशें, मिलकर करें विलाप।।

कुल मिलाकर मनीष बादल के इस दोहा संग्रह ''बादल-बादल प्यास'' में भिन्न-भिन्न रसों और रंगों के ऐसे तमाम दोहे हैं जो आम पाठकों की ज़ुबान पर चढ़ेंगे, लोग उन्हें गुनगुनाएंगे, उनको कोट करेंगे। मैं इस पुस्तक की बेसब्री से प्रतीक्षा कर रहा हूँ। मनीष को मेरी अनन्त शुभकामनाएँ कि उनकी यह पुस्तक भी पहली पुस्तक ''दो मिसरों में'' के समान ही पाठकों के बीच सुपर हिट हो और देश-विदेश में अपना परचम लहराये।

-यशपाल शर्मा
फ़िल्म अभिनेता, मुंबई

अतृप्त मन की प्यास बुझाते दोहे

मनीष बादल ने जब मुझे अपने सात सौ दोहों का संग्रह पढ़ने को दिया और बताया कि उनकी दोहों पर किताब "बादल-बादल प्यास" बहुत जल्दी ही प्रकाशित होकर पाठकों के सम्मुख आने वाली है और उन्होंने इन दोहों के बारे में किताब की भूमिका के रूप में मेरे विचार माँगे तो मुझे भी लगा कि कला और साहित्य एक-दूसरे से सीधे-सीधे जुड़े हैं तो मुझे भी मनीष की बात माननी चाहिए। मन में थोड़ा संशय भी था कि मैं थिएटर और सिनेमा से जुड़ा व्यक्ति साहित्य के बारे में क्या लिखूंगा परन्तु कुछ दोहों का अवलोकन करने के पश्चात ही यह आभास हो गया कि जो भाव और सन्देश इन दोहों में छिपे हैं, उनपर अपने विचार बिल्कुल रखे जा सकते हैं। मनीष के पास अपनी बोलचाल की भाषा में गहरी और गूढ़ बात कहने का हुनर है, सलीका है। वे एक दोहा में कहते भी हैं -

'कठिन' लिखूँ या 'क्लिष्ट' मैं, अर्थ निकलता एक।
जो सबके आये समझ, लेखन वो ही नेक।।

मैं सोशल मीडिया पर इनको पहले से पढ़ता और प्रभावित होता रहा हूँ। मनीष ने डेढ़-दो साल पहले जब अपनी किताब "दो मिसरों में" जो एक ग़ज़ल संग्रह है, मुझे भेंट की थी, इसे पढ़कर तभी मुझे इनके लेखन कौशल और आम जनमानस से जुड़े शे'रों ने प्रभावित किया था और मैं दूसरी किताब की प्रतीक्षा में था। अभी कुछ महीनों पहले एक थिएटर में नाटक समाप्त होने पर मनीष से हुई मुलाक़ात में मैंने इनसे पूछ लिया था कि "आपकी दूसरी किताब कब आ रही है?" और आज "बादल-बादल प्यास" हम पाठकों के पास है। मनीष बादल ने अपनी रचनाओं में बारे में कितना सटीक लिखा है-

ग़ज़ल लिखे दोहे लिखे, मुक्तक या फिर गीत।
'बादल' ने दो ही लिखे, या आँसू या प्रीत।।

मैं रचनाओं की विधा और उसके व्याकरण के बारे में क्या लिखूंगा, पर एक आम पाठक के तौर पर इन रचनाओं में जो भावनाएँ हैं वो वास्तव में आँसू और प्रीत को प्रतिबिम्बित करती हैं। इन दोहों में अगर समाज का दर्द है तो समाज की ख़ुशियाँ भी हैं, उल्लास भी है। कहीं बिम्बों के माध्यम से तो कहीं सीधी बात के तौर पर मनीष ने अपनी भावनाओं को संप्रेषित किया है और इसे स्वीकार करते हुए वे लिखते हैं कि –

मैंने तो बस वो लिखा, जो लिखवाए आप।
ख़ुशियाँ दीं तो सुख लिखा, औ' दुःख में संताप।।

और

'बादल' ने दोहे रचे, चुन भावों के फूल।
भीनी-सी ख़ुशबू कहीं, कहीं व्यंग्य के शूल।।

एक सच्चा रचनाकार वही है जो सच लिखने से हिचके नहीं क्योंकि साहित्य समाज का दर्पण होता है और दर्पण झूठ नहीं बोलता। हाँलाकि इसमें सम्बन्धों के नुक़सान का ख़तरा भी होता है। मनीष ने शायद ख़ूब नुक़सान उठाया होगा, तभी वे लिखते हैं –

सच को मैंने सच कहा, कहा झूठ को झूठ।
बस मुझसे मेरे सभी, गए तभी से रूठ।।

आइए, कुछ और दोहों का आनंद लेते हैं –

दुनियादारी भूलकर, सिमट रहे हैं आज।
समझाने पर चिढ़ रहे, बच्चे तुनकमिज़ाज।।

वो खुलकर हँसता रहा, अचरज में संताप।
थकी-थकी सब साज़िशे, मिलकर करें विलाप।।

तन का अपना दायरा, इसकी सीमित चाल।
मन अनन्त विचरण करे, गगन धरा पाताल।।

अगर मोम हो... धूप से, तुम मत खेलो खेल।
सोच-समझ कर दुश्मनी, सोच-समझ कर मेल।।

नहीं हार से हार तू, कोशिश कर गंभीर।
दूध फटा तब ही बना, महँगा बहुत पनीर।।

सभी डूब पढ़ने लगे, ख़बर सनसनीखेज़।
नयन बिखेरे जब कभी, दिल के दस्तावेज़।।

शक़ उपजा तो इन्द्रियाँ, बदली हैं किरदार।
कान हुए जासूस हैं, आँखें पहरेदार।।

यूँ तो बहुत से दोहे ध्यान खींचते हैं और उनको यहाँ उद्धृत करने का मन है पर मैं चाहता हूँ कि आप किताब खरीद कर पढ़ें और आज के दौर के एक उत्कृष्ट दोहाकार मनीष बादल के दोहों का आनन्द लें। मुझे पूरा विश्वास है कि "बादल-बादल प्यास" न केवल "बादल-बादल बूँद" बनकर आप पाठकों के अतृप्त मन की प्यास बुझाने में सफल होगी बल्कि आपके बुक शेल्फ़ की शोभा भी बढ़ाएगी।

–राजीव वर्मा
वरिष्ठ रंगकर्मी एवं फ़िल्म अभिनेता
भोपाल, मध्य प्रदेश

पाठकों का दोहों के प्रति लगाव बढ़ेगा

जिस व्यक्ति को माता सरस्वती जी का विशेष आशीर्वाद प्राप्त हो, जिसके ग़ज़लों, दोहों में पाठक को अपने मन की बात झलकती हो, जिसकी प्रथम पुस्तक ''दो मिसरों में'' ने धूम मचाई हो, ऐसे मनीष बादल की दोहों पर आधारित अगली पुस्तक, ''बादल-बादल प्यास'' का आना पाठकों के लिए एक उपहार से कम नहीं है। मनीष से तीन-चार मुलाक़ातें हुईं। मैंने पाया कि ये बहुत कम बोलते हैं पर सोशल मीडिया पर जुड़ने के बाद इनकी रचनाओं को लगातार पढ़ा फिर समझ आया कि ये मुँह से अवश्य कम बोलते हैं पर इनकी क़लम अधिक और सटीक बोलती है। किसी शायर (नाम ज्ञात नहीं) के ये दो शे'र याद आ रहे हैं जो इन पर पूरी तरह सही बैठते हैं-

परिंदों को मंज़िल मिलेगी यक़ीनन
ये फैले हुए उनके पर बोलते हैं
वही लोग रहते हैं ख़ामोश यारो
ज़माने में जिनके हुनर बोलते हैं

मनीष ने जब अपनी दोहों की पाण्डुलिपि देते समय मुझे बताया कि दोहों पर इनकी पुस्तक आ रही है तो मुझे अपार प्रसन्नता हुई। वैसे तो मैंने इनके दोहे फ़ेसबुक पर पढ़े और हमेशा पसन्द किये हैं पर फिर भी उत्सुकतावश पूछ लिया कि दोहे पर पुस्तक क्यों? तब इन्होंने अपने उत्तर में उसी दर्द को बयाँ किया जो मेरा दर्द था। इन्होंने कहा कि आज जब लोग ग़ज़लें अधिक लिख रहे हैं, दोहा कम पढ़ा और लिखा जा रहा है, मंचों से गायब-सा हो चुका है तब ये अपनी विशुद्ध भारतीय विधा दोहा को समाज में स्थापित करने का एक गिलहरी प्रयास कर रहे हैं। दोहों में भी शे'रों के समान, भावों को असाधारण तरीके से व्यक्त करने की अपार संभावनाएँ होते हुए भी वो सम्मान नहीं मिल रहा है जो ग़ज़लों को मिल रहा है। इसलिए इस पुस्तक को लाने का विचार मन में आया।

मेरा भी यही व्यक्तिगत विचार है। हम सभी ने बचपन से दोहे पढ़े हैं, इनसे ज्ञान की बातें सीखी हैं। इसीलिए दोहा शब्द सुनते ही हम पाठकों के मन

में कबीर दास जी, तुलसी दास जी, सूर दास जी आदि का ही नाम दिमाग़ में आता है। दूसरे शब्दों में, वर्तमान साहित्यकारों के नाम या तो दोहा विधा से दूर हैं या इतने स्थापित नहीं हैं कि याद रहें। इसके विपरीत ग़ज़ल में यदि हम अतीत के ग़ालिब, मीर, दाग़ आदि को याद करते हैं तो वर्तमान के जावेद अख़्तर, वसीम बरेलवी, राजेश रेड्डी आदि की भी बातें करते हैं। हिन्दी साहित्य से मुझे भी लगाव है इसीलिए दोहे की यह उपेक्षा मुझे भी खटकती है। विचारों में समानता होने से मुझे लगा कि मनीष की भावनाओं का सम्मान होना चाहिए और इन दोहों के बारे में मुझे अपनी बात लिखनी चाहिए।

मुझे याद है दो साल पहले मनीष ने मुझे अपनी ग़ज़ल की किताब ''दो मिसरों में'' उपहार स्वरूप दी थी। शे'र नए मिज़ाज के थे तो अच्छे लगे। इसी उम्मीद से मैंने दोहों को पढ़ना शुरू किया कि यहाँ भी कुछ नया और उत्कृष्ट पढ़ने को मिलेगा और विश्वास मानिए ''बादल-बादल प्यास'' मुझे मेरी उम्मीद से बढ़कर लगी। इस पुस्तक के हर दोहे में मनीष ने अपने मन की बात के मोतियो को बहुत ही सुंदर और सलीक़े से सजाया है।

'विविधा' शीर्षक का पहला ही कटाक्ष से भरा दोहा मनहर लगा -

मानव को चुभने लगे, जब ऊँचे क़द नाम।
तब गमलों में बो दिये, बरगद पीपल आम।।

वहीं दूसरे दोहे में कितनी गहरी बात मनीष ने की है -

छिपा सीप सागर तले, मोती छिपता सीप।
छिपी रूह है गात में, रूह...ज्ञान का दीप।।

कुछ दोहे मनीष ने न जाने किस सन्दर्भ में लिखे हैं पर ये राजनैतिक सन्दर्भ में भी लिये जा सकते हैं...

ख़ुद को भी घायल करे, तुमको करता साथ।
अगर उस्तरा दे दिये, तुम बंदर के हाथ।।

कोई चैती गा रहा, गाता कोई फाग।
सभी अलापे जा रहे, अपना-अपना राग।।

कुछ साँपों की हो गई, जब बाजों संग डील।
चिंता भय उनके हुए, ताक़त में तब्दील।।

नारी शक्ति पर मनीष ने शायद बहुत गहरा अध्ययन किया है तभी ''नारी विमर्श'' शीर्षक के अन्तर्गत एक से बढ़ कर एक दोहे लिखे हैं -

'बादल' कहता देखिए, इन दोहों में चित्र।
माँ पत्नी बेटी लिखा, कुछ में बहिनें मित्र।।

जब-जब भी 'बादल' चला, नारी मन की राह।
उसे समुन्दर-सी लगी, नारी सदा अथाह।।

सहनशीलता की सदा, नारी रही मिसाल।
'शक्ति स्वरूपा' सत्य है, 'अबला' एक ख़याल।।

पसरी हैं ख़ामोशियाँ, किससे बोले कौन।
बेटी जब होती विदा, शहनाई तक मौन।।

ये बहुत मुश्किल है कि इन सात सौ दोहों में से किसका उल्लेख यहाँ करूँ किसका नहीं करूँ। सभी बेमिसाल हैं और मेरा पूर्ण विश्वास है कि अलग-अलग शीर्षक के अन्तर्गत अलग-अलग भाव के दोहे पाठकों को अवश्य प्रभावित करेंगे। जिस उद्देश्य से मनीष यह पुस्तक लेकर आ रहे हैं, वह उद्देश्य अवश्य पूर्ण होगा, पाठकगण इसे सराहेंगे, पाठकों का दोहों के प्रति लगाव बढ़ेगा। मेरी अनन्त शुभकामनाएँ हैं कि मनीष बादल की साहित्यिक यात्रा में ''बादल-बादल प्यास'' मील का पत्थर साबित हो।

-आलोक संजर
पूर्व सांसद एवं विचार प्रवाहक
भोपाल, मध्यप्रदेश

मुझे कुछ कहना है...

वो नौ रस है बाँधता, ले शब्दों के तार।
'बादल' हिय में है छिपा, भावों का भण्डार।।

मेरा यह दोहा संग्रह, ''बादल-बादल प्यास'' समय के पदचाप को सुनने और समझने के बाद उसे गढ़ने का मेरा प्रयास है। इसमें निहित दोहे बदलते मानवीय मूल्यों एवं वे सभी विषय जो हमारी आपकी रोज़मर्रा की ज़िन्दगी का हिस्सा हैं, के प्रति मेरे स्वयं के भाव बोध हैं जिन्हें मैंने बड़ी ही विनम्रता एवं शालीनता से आपके सम्मुख रखते समय परंपरा के साथ नूतनता को भी साधने की ईमानदार कोशिश की है। मैं आशा करता हूँ कि ये दोहे आप सुधि पाठकों के अंतर्मन को किंचित स्पर्श करेंगे और भावनाओं की तृप्ति के उस स्तर पर ले जाएंगे जो ''बादल-बादल प्यास'' को रचते समय मेरे अंतस की अनुभूति रही है।

जब मैं पीछे मुड़कर दोहे के प्रति अपने अनुराग के बारे में सोचता हूँ तो स्मरण होता है कि कदाचित इस प्रेम का बीजारोपण मेरे प्रारंभिक विद्यार्थी जीवन के पुस्तकों में सम्मिलित दोहों के बीच से गुज़रते समय ही हुआ होगा। उन दिनों कक्षाओं में कबीर, सूर, तुलसी, बिहारी आदि के दोहे पढ़ते समय हृदय आनंद के अतिरेक से भर उठता था और इनसे एक आत्मिक जुड़ाव की अनुभूति-सी होती थी। लयबद्धता एवं गेयता के कारण अधिकांश दोहे कंठस्थ हो गए थे। परन्तु स्नातक तक पहुँचते-पहुँचते हरदिल अज़ीज ग़ज़ल गायकों जगजीत सिंह, गुलाम अली, मेहदी हसन आदि की मखमली आवाज़ और लाजवाब गायिकी में ग़ज़लें सुनीं तो ग़ज़लें ध्यान खींचने लगीं और पता नहीं कब ग़ज़लें सुनते-सुनते ग़ज़लें कहने का शौक़ हो गया। बिना ग़ज़ल के अरूज़ को सीखे कुछ पचास से अधिक ग़ज़लें बे-बह्र कह डालीं।

ख़ैर, कहते हैं ना कि प्रथम अनुरक्ति कभी समाप्त नहीं होती, उसकी गमक सदैव मन में बसी होती है। पत्र-पत्रिकाओं आदि में यदि कहीं अच्छे

अर्थपूर्ण दोहे पढ़ने को मिल गए तो एक सुखद अनुभूति होती थी और पुनः अनायास ही कुछ दोहे पन्नों पर उतर आते थे। इस प्रकार ग़ज़लों की तरह ही दोहों का भी सृजन यदा-कदा होता रहा किंतु बस इतना ही कि अंतर्मन का कोई भाव संयोगवश दोहे के शिल्प-अनुशासन में सहजता से स्वयं ही ढल जाए। यह भी सच है कि बाद के दिनों में जिस तरह ग़ज़ल पढ़ने-लिखने और सीखने का प्रयास करता था, दोहे के लिए वैसा प्रयास कभी नहीं किया। फिर भी धीरे-धीरे सही-ग़लत कई दोहे लिख डाले थे। समय के साथ-साथ मुझे इस बात का भान होने लगा था कि ग़ज़ल के शे'र के "दो मिसरों में" भावों को सहजता और सटीकता से संप्रेषित करने की जो क्षमता होती है वही क्षमता दोहे की दो पंक्तियों में भी होती है बल्कि यदा-कदा दोहे कहीं अधिक सूक्ष्म और गहरे भावों तक अपनी पहुँच सिद्ध करते हैं।

उन्हीं दिनों मैं एक बहुराष्ट्रीय कंपनी में स्थानांतरित होकर सपरिवार मध्यप्रदेश की राजधानी भोपाल आ गया और मेरे वाराणसी के प्रारंभिक गुरु मेयार सनेही साहब के आदेश से मेरी मुलाक़ात हिन्दी ग़ज़ल के सशक्त हस्ताक्षर स्मृतिशेष ज़हीर कुरेशी सर से हुई जिनका नाम मैंने पहले से ही सुन रखा था और जिनकी ग़ज़लों को बहुत से पत्र-पत्रिकाओं में पढ़कर बहुत प्रभावित होता था। पहली ही मुलाक़ात में मैंने उनको अपनी कुछ पुरानी ग़ज़लों के साथ कुछ दोहे भी सुनाए। उनकी प्रतिक्रिया थी, "आपको ग़ज़लों पर अभी कुछ काम करना है पर दोहे आपके अच्छे बन रहे हैं। ग़ज़लें कहिए पर दोहे भी लिखा कीजिए।" कुछ वर्षों बाद ही आयी उनकी नई किताब "दोहों से दोहा ग़ज़लों तक" उन्होंने मुझे उपहार स्वरूप दी जिसमें तीस दोहा ग़ज़लों के साथ उनके पाँच सौ दोहे हैं। सच कहूँ तो इस पुस्तक के तमाम दोहो को पढ़कर ही मुझमें पुनः इस विधा को गंभीरता से लेने का बल मिला, तत्पश्चात कुछ नये दोहों का सृजन हुआ। मैंने इन्हें ज़हीर सर को सुनाया। सर ने कुछ दोहों की जहाँ मुक्त कंठ से प्रशंसा की वहीं कुछ सुधार भी बताया और साथ ही साथ दोहा लेखन के नियम और बारीकियाँ भी समझाईं। तभी मुझे समझ आया कि दोहा जो मात्रिक छन्द है, जितना आसान लगता है, उतना आसान नहीं है, यहाँ दो धन दो चार ही होता है कुछ और नहीं। इसके विपरीत ग़ज़ल जो वार्णिक छन्द है, के अरूज़ में तो बहुत से छूट हैं, इस कारण इसमें लचीलापन है। ख़ैर, ज़हीर सर से कुछ दोहों को मिली उत्साहवर्धक प्रशंसा

और व्याकरण की सीख के कारण दोहा लेखन समानांतर रूप से चलने लगा जिसके परिणामस्वरूप आज मेरा पहला दोहा संग्रह "बादल-बादल प्यास" अपने सात सौ बीस दोहों के साथ आपके सम्मुख है।

दोहा लेखन से लगाव बढ़ने का कारण यह भी था कि घर-दफ़्तर की तमाम व्यस्तताओं और समयाभाव के बावज़ूद टुकड़ों में मिले ख़ाली समय में अपने मन के उपजे भावों को मात्र दो-दो पंक्तियों में लिखना और आवश्यकतानुसार उसे परिमार्जित करना मुझे संभव एवं आसान लगा। जबकि लम्बी रचनाओं में तुलनात्मक रूप से अधिक समय और धैर्य की आवश्यकता होती है, जिनका अभाव मैंने हमेशा अनुभव किया है।

मैंने अपनी ग़ज़लों की तरह ही सारे दोहों को भी हिन्दुस्तानी भाषा में ही लिखा है क्योंकि यह हमारे लोकमन की भाषा है। यानी हिन्दी में घुल मिल गए अरबी, फ़ारसी, उर्दू और यहाँ तक कि अंग्रेज़ी शब्दों के प्रयोग से भी नहीं हिचका हूँ। मेरा विचार है कि आम हिन्दुस्तानी की भाषा हर उसे भाषा से अधिक सहज, सक्षम और प्रभावशाली है जिसे भाषाविदों ने शुद्ध भाषा के नाम पर किताबों में गढ़ दिया है। हाँ, इन अन्य भाषाओं के उन कठिन शब्दों से अवश्य परहेज़ किया हूँ जिनका अर्थ खोजने के लिए किसी पाठक को गूगल की सहायता लेनी पड़े। इस प्रयोग का सबसे बड़ा फ़ायदा यह है कि आयु में सबसे छोटा बच्चा हो या सबसे पिछली पंक्ति में बैठा व्यक्ति, सभी को रचना का भाव हू-ब-हू संप्रेषित होता है जो कि रचना की सार्थकता है। किसी भी छन्दयुक्त काव्य विधा के सृजन में इसके परिभाषित व्याकरण का ध्यान रखना अत्यन्त महत्वपूर्ण है। दोहों में तो व्याकरण के साथ-साथ लयात्मकता का ध्यान रखना भी उतना ही महत्वपूर्ण है जितना इसके व्याकरण का। इनमें से किसी एक के भी अभाव से काव्य का रस विषैला तो नहीं पर कसैला अवश्य हो जाता है। किन्तु इस बात से भी इंकार नहीं किया जा सकता कि किसी भी रचना का मूल तो भाव ही होता है, उसी से आनन्द मिलता है और काव्य रस हृदयंगम होता है। मैंने अपने इन सात सौ से अधिक दोहों में भावों के साथ-साथ व्याकरण एवं लयात्मकता का पूरा ध्यान रखा है। परन्तु यदि कहीं भाव को हू-ब-हू संप्रेषित करने में कठिनाई आयी और कोई विकल्प भी उपलब्ध नहीं था तो अपवाद स्वरूप दहाई से भी कम दोहों में भाव को सर्वाधिक महत्व देते हुए व्याकरण में तो नहीं परन्तु इसके नियमों एवं शर्तों में कुछ छूट ली है।

लेकिन साथ ही साथ ये भी आश्वासन देता हूँ कि छूट लेने से भी मात्रा भार की गणना या लयात्मकता पर इसका कोई प्रभाव नहीं पड़ा है।

दोहे पढ़ने, सुनने, लिखने और गुनने से लेकर आज मेरी इस दूसरी पुस्तक और दोहा संग्रह की प्रथम पुस्तक "बादल-बादल प्यास" को प्रकाशित होने तक की यात्रा में जिन्होंने मुझे सहयोग दिया, मेरा मार्गदर्शन किया, उन सभी को मैं नतमस्तक होकर प्रणाम करता हूँ, हार्दिक आभार व्यक्त करता हूँ।

सर्वप्रथम, मैं अम्मा-पापा (श्रीमती विमला श्रीवास्तव एवं श्री विभूति प्रसाद) को प्रणाम करता हूँ। उनके निरंतर आशीर्वाद से ही मेरा एक और स्वप्न पूर्ण हो रहा है। मेरे स्मृतिशेष गुरु द्वय ज़हीर कुरेशी सर एवं मेयार सनेही साहब को हृदय की गहराइयों से धन्यवाद देता हूँ जिनका आशीर्वाद मैं आज भी अनुभव करता रहता हूँ। क़रीब पंद्रह सौ दोहों में से चुनिंदा सात सौ से कुछ अधिक दोहे पुस्तक के लिए निकालना सबसे दुरूह कार्य था। चूँकि एक रचनाकार को अपनी सभी रचनाएँ पसन्द होती हैं, इसलिए मेरे लिए यह कार्य और भी दुरूह था। इस मुश्किल काम में हमेशा की तरह मेरा साथ दिया मेरी धर्म पत्नी डॉ. रीतू ने। सिर्फ़ यही नहीं, प्रूफ़ रीडिंग से लेकर कुछ दोहों के भावाभिव्यक्ति में सुधार भी इन्होंने कराया। इस प्रक्रिया में कहीं मेरी सहमति न होने पर हम लड़े भी, पर अन्त में जो आया वो सर्वश्रेष्ठ आया। जब बच्चे अपनी पढ़ाई में अव्वल हों और नैतिकता का पाठ उनमें कूट-कूट कर भरा हो तो अभिभावक कई तरह की चिंताओं से मुक्त होते हैं। मेरी दोनों बेटियाँ, शोख़ी और मासुमी मुझे हमेशा चिंतामुक्त रखती हैं जिससे मैं निःसंदेह लेखनी पर ध्यान केंद्रित कर पाता हूँ। अब वे थोड़ी बड़ी हो गई हैं तो इस पुस्तक के शीर्षक और कवर पेज की डिज़ाइन पर अंतिम मोहर उन्होंने ही लगाई। सभी को मेरा अशेष स्नेह।

कहते हैं आपका कुनबा आपकी शक्ति होता है। मैं इस बात का साक्षी हूँ। मैं, मेरे परिवार के सभी अभिन्न सदस्यों, तीनों जिज्जियों, प्रीति, रीति एवं नीति एवं अनुज रजनीश के साथ अभिन्न मित्रों, साहित्यिक साथियों, वरिष्ठ जनों को हृदयतल से धन्यवाद देता हूँ जिनके यथोचित स्नेह एवं आशीष से हमेशा सकारात्मकता बनी रहती है जो अच्छे काव्य के सृजन में सहायक रहती है।

आज जब मनुष्य की जीवन शैली मशीन-सी होती जा रही है, समयाभाव के कारण प्रतिदिन कुछ न कुछ छूट रहा है, ऐसे में किसी आने वाली पुस्तक के

लिए भूमिका और शुभकामना सन्देश लिखते हुए समय का दान करना वास्तव में वंदनीय है। मैं अन्तस आभार और धन्यवाद प्रेषित करना चाहता हूँ परम आदरणीय, सर्वश्री हरेराम समीप जी का, वरिष्ठ गीतकार यश मालवीय जी का, साहित्य अकादमी, मध्यप्रदेश के निदेशक एवं वरिष्ठ साहित्यकार श्री विकास दवे जी का, सिनेमा में और रंगमंच पर अपने अभिनय से जान डाल देने वाले तीन बेमिसाल अभिनेताओं, मेरे अग्रजगण यशपाल शर्मा जी, आशुतोष राना जी एवं राजीव वर्मा जी का और भोपाल के पूर्व सांसद एवं विचार प्रवाहक आलोक संजर जी का जिन्होंने मेरे आग्रह को इतना मान देकर समय निकाला और "बादल-बादल प्यास" को मन से पढ़ा और अपनी भूमिका और शुभकामना सन्देश के माध्यम से मुझे स्नेहाशीष दिया।

अन्त में, मैं साहित्यिक पुस्तकों के प्रकाशन में देश के सर्वश्रेष्ठ प्रकाशकों में एक मंजुल पब्लिशिंग हाउस को और इससे जुड़े तमाम पदाधिकारियों को हृदयतल से धन्यवाद देता हूँ जिन्होंने मेरे दोहों को प्रकाशित करने में न सिर्फ़ अपनी सहमति दी बल्कि बहुत ही कम समय में इस पुस्तक को प्रकाशित कर मंज़रे-आम कर दिया।

–मनीष बादल
भोपाल, म.प्र.

अनुक्रम

बादल-बादल प्यास

माँ शारदे - आह्वान

माँ मुझको आशीष दे, सिर पर रख दे हाथ।
शब्द-सुमन अर्पित करूँ, क़लम-कंठ हो साथ।।

शब्द नए नित गढ़ सकूँ, भाव मिले आकार।
वरदहस्त हो अक्षरा, स्वप्न करूँ साकार।।

माता वीणापाणि का, अगर मिला वरदान।
तभी क़लम कुछ लिख सकी, तभी भाव में जान।।

भावों में विस्तार हो, वाणी जैसे संत।
माँ तू शीतल रख मुझे, शब्द बहें रसवंत।।

क़लम अर्चना मैं करूँ, भाव मिले परवाज़।
सत्य लिखूँ माँ शारदे, खनक रहे आवाज़।।

कृपा करो माँ अक्षरा, करूँ भाव निर्माण।
क़लम सृजन बस वो करे, जग का हो कल्याण।।

हंसवाहिनी, शारदे, सरस्वती तुम ज्ञान।
नित-नित 'बादल' चाहता, धरे तुम्हारा ध्यान।।

सरस्वती होतीं जहाँ, वहीं शांति, उल्लास।
उस घर का सम्मान है, लक्ष्मी उसके पास।।

घर बसतीं माँ शारदे, मुख में कर में साथ।
तभी प्रसिद्धि स्वर्ण से, लिखी किसी के माथ।।

अन्त समय माँ शारदे, रहे न मन में खेद।
बस ऐसा आशीष दे, लक्ष्य सकूँ मैं भेद।।

स्वीकारोक्ति

ग़ज़ल लिखे, दोहे लिखे, मुक्तक या फिर गीत।
'बादल' ने दो ही लिखे, या आँसू या प्रीत।।

'बादल' ने दोहे रचे, चुन भावों के फूल।
भीनी-सी ख़ुशबू कहीं, कहीं व्यंग्य के शूल।।

मैंने तो बस वो लिखा, जो लिखवाए आप।
ख़ुशियाँ दीं तो सुख लिखा, औ' दुःख में संताप।।

भाव रहें जीवित सदा, देते पानी खाद।
भावों का हम कर रहे, शब्दों में अनुवाद।।

दोहों से बढ़ता गया, धीरे-धीरे प्यार।
थाली में साहित्य के, दोहा रूप अचार।।

जब दोहे ज़्यादा लिखूँ, गीत हुए नाराज़।
ग़ज़लें-मुक्तक पूछते, क्यों दोहे पर नाज़।।

'कठिन' लिखूँ या 'क्लिष्ट' मैं, अर्थ निकलता एक।
जो सबके आये समझ, लेखन वो ही नेक।।

चंचल 'बादल' की क़लम, हुई बहुत गंभीर।
स्याही के सँग बह चले, शुष्क नयन से नीर।।

हृदय व्यथित जब-जब हुआ, पढ़ता मन को कौन।
क़लम चली बेबाक तब, अगर अधर हैं मौन।।

सदा कला-साहित्य ने, खींचा मेरा ध्यान।
तभी न भाया है मुझे, गणित और विज्ञान।।

अभिमत

घर दफ़्तर बाज़ार हो, नीति रीति या प्रीत।
छिपा सभी में देखिए, दोहा मुक्तक गीत।।

चार पदों में खोजिए, अर्थ कई हैं बन्द।
गागर में सागर भरे, बस दोहे का छन्द।।

बस तेरह-ग्यारह नहीं, दोहे का प्रारूप।
लय भी उत्तम चाहिए, दोहा तभी अनूप।।

शब्दों के इस खेल में, भावों के हैं भाव।
भावों से नौ रस बने, शब्द-शिल्प समभाव।।

करें भाव का शब्द में, नाप-तोल अनुवाद।
नमक अगर है कम-अधिक, बिगड़े भोजन स्वाद।।

अक्षर-अक्षर जोड़कर, बनते शब्द हज़ार।
भाषा का पल-पल किया, अक्षर ने उद्धार।।

लिखते-लिखते लिख गया, वो कुछ ऐसी बात।
मौन लगा फिर बोलने, शब्द-शब्द की मात।।

जो बिकता, लेखक लिखे, भाव गए सब छूट।
शब्द प्रताड़ित हो रहे, क़लम रही है टूट।।

मान व्याकरण का करें, बेशक़ रखें लगाव।
मगर ध्यान इतना रहे, सबसे ऊपर भाव।।

मदद करे आलोचना, सदा बढ़ाये ज्ञान।
शब्द-चयन से पर नहीं, लगे ठेस सम्मान।।

यदि लेखक हैं आप तो, दूर करें संताप।
शब्द-बाण से भेदिए, पापी के सँग पाप।।

आत्मसात यह सच किया, ''मिलना सबको ख़ाक''।
मन से डर निकला तभी, क़लम चली बेबाक।।

क़लम हुई ख़ामोश है, यदि रूठे जज़्बात।
कॉपी बिखरी है कहीं, खोया कहीं दवात।।

बुनकर वाणी से चले, थे दोहों के तीर।
सत्य बोध करवा गए, अनपढ़ दास कबीर।।

विविधा

मानव को चुभने लगे, जब ऊँचे क़द नाम।
तब गमलों में बो दिए, बरगद पीपल आम।।

छिपा सीप सागर तले, मोती छिपता सीप।
छिपी रूह है गात में, रूह...ज्ञान का दीप।।

तन को दस-दस रोग दे, मन में करती शोर।
'बादल' कहता है तभी, चिंता आदमख़ोर।।

सच को मैंने सच कहा, कहा झूठ को झूठ।
बस मुझसे मेरे सभी, गए तभी से रूठ।।

ख़ुद को भी घायल करे, तुमको करता साथ।
अगर उस्तरा दे दिये, तुम बंदर के हाथ।।

मुखिया बैठा सोचता, हुई कहाँ पर भूल।
मैंने बोया आम था, उपजे मगर बबूल।।

सद्गुण सारे धुल गए, अहम् बिगाड़े काम।
ज्यों नींबू की बूँद भी, फाड़े दूध तमाम।।

कोई चैती गा रहा, गाता कोई फाग।
सभी अलापे जा रहे, अपना-अपना राग।।

फूलों से यारी रखो, मुझे न जाओ भूल।
मैं माटी तो क्या हुआ, मुझसे ही फल-फूल।।

गंगा-जमुना का मिलन, दे ढोलक पर थाप।
बहिनों से आकर मिलीं, सरस्वती चुपचाप।।

समय-समय पर कीजिए, समय-समय की बात।
समय-समय की सीख से, समय सुधारें तात।।

अरुणोदय की रश्मियाँ, निशा न पायी रोक।
अतुल अरुण आभा करे, सकल जगत आलोक।।

दोहन दोनों कर रहे, ग्वाला-साहूकार।
एक दुग्ध-अमृत दिया, एक ब्याज की मार।।

घड़ियाली आँसू करें, पल में हमें अधीर।
भावुक जो भी हो गए, पाएँ गहरी पीर।।

चाकू-ख़ंजर से लगे, कभी किये हैं ख़ून।।
कभी नोच घायल किये, जिह्वा के नाखून।।

युगों-युगों से देखिए, लोभ रहा बलवंत।
प्रभु साँसें गिनकर दिए, ख़्वाहिश दिए अनंत।।

बादल से बूँदें लिया, लिया धरा से धूल।
वादी में फैला रहा, हर सूँ ख़ुशबू फूल।।

एक धरम है कुम्भ में, कोई ज़ात न पात।
फिर ये कौन निकालता, ज़ातों की बारात।।

मंगल पर जीवन तकें, इसरो-नासा आज।
जीवन मे मंगल करें, है परमारथ काज।।

सत्य सनातन सभ्यता, साधे सफल सुजान।
ज्ञान प्रतिष्ठा साथ हो, सकल जगत सम्मान।।

दिल के कोने में दबे, उसके सारे राज़।
कुछ पर वो पछता रहा, कुछ पर करता नाज़।।

कोई केवल फल दिया, फल सँग कोई छाँव।
ताड़ वृक्ष छाया रहित, आम छाँव हर गाँव।।

मँहगाई सुरसा खड़ी, मुँह बाए विकराल।
आञ्जनेय फिर आइए, करिए असुर निढाल।।

वीरवार साईं पुजें, शनि-मंगल हनुमान।
मंदिर सूना शेष दिन, अचरज में भगवान।।

मनहर दिखते हैं बहुत, नहीं चुभाएँ शूल।
कितने निश्छल रम्य हैं, अमलतास के फूल।।

काँटों के ही सेज पर, सब सुख लेते भोग।
बड़े तपस्वी मानिए, हैं समदर्शी लोग।।

निष्ठावान नयन सदा, धरते दृश्य पुनीत।
नित-नित नायक लिख रहा, नेह-पूर्ण नवगीत।।

यदि जीवन में घुल गया, है साहस का घोल।
'बादल' तब ही मानिए, जीवन को अनमोल।।

करिए ऐसी दोस्ती, किये सुदामा-श्याम।
ऊँच-नीच कब देखते, हैं शबरी के राम।।

आख़िर क्यों बदनाम वो, क्या उसमें है खोट।
छेनी तो मूरत गढ़े, ख़ुद पर खाकर चोट।।

पूनम की है चाँदनी, कभी अमावस रात।
इससे ज़्यादा कुछ नहीं, जीवन की औक़ात।।

एक झूठ फिर दूसरा, तीन हुए फिर चार।
नहीं झूठ का हो सका, अब तक ही उपचार।।

तन का अपना दायरा, इसकी सीमित चाल।
मन अनन्त विचरण करे, गगन धरा पाताल।।

सत के पथ पर जो चले, धारा के विपरीत।
वो किंचित होते नहीं, मिथ्या से भयभीत।।

विचलित मन में झाँकती, नकारात्मक भीड़।
आशा की किरणें करें, उजियारा मन-नीड़।।

बातचीत जारी रखें, इतना मत हों क्रुद्ध।
अमन-चैन मन का छिने, हुआ शीत जो युद्ध।।

जन्म-मृत्यु के बीच है, जीवन का विस्तार।
फूलों की ख़ुश्बू यहीं, यहीं विषैले ख़ार।।

जब-जब बोतल खोल कर, बाहर आया जिन्न।
मुखड़े पर मुखड़ा दिखा, लोग हमेशा भिन्न।।

मानव जीवन-सायकिल, लगते एक समान।।
तब तक रहता संतुलन, जब तक हैं गतिमान।

नहीं विभीषण हैं रखे, संतानों के नाम।
घर का भेदी मानते, भक्त भले वो राम।।

अंतर्मन में जब मची, कलह एक अविराम।
तब जाना मुश्किल बहुत, ख़ुद से ही संग्राम।।

घुलना-मिलना सोचकर, सबसे इस संसार।
गेहूँ के सँग पिस रहा, घुन भी बरख़ुरदार।।

सच लिखने में टूटती, जिन क़लमों की धार।
स्याही से नफ़रत करें, मक्खन उनका प्यार।।

सागर है दानी बड़ा, तनिक नहीं अभिमान।
अम्बर को बादल दिया, धरती को जल दान।।

गृहनगरी से हो गया, तबादला भोपाल।
तन आगे बढ़ता रहा, मन की उल्टी चाल।।

मुश्किल ने फिर मान ली, उससे अपनी हार।
तुमको ये किस्मत लगी, कोशिश हमें अपार।।

ख़ामोशी से कर लिया, मैंने सब स्वीकार।
हारा तो हारा कहा, जीता तो भी हार।।

इश्क़ आज फ़ैशन हुआ, रहा बदलता भेस।
कुछ को देता प्यार है, कुछ को दिल पर ठेस।।

अगर मोम हो... धूप से, तुम मत खेलो खेल।
सोच-समझ कर दुश्मनी, सोच-समझ कर मेल।।

जीवन तो शतरंज है, चलें सँभलकर चाल।
बिछा रही है धूर्तता, क़दम-क़दम पर जाल।।

चमत्कार की आस मत, करना बरख़ुरदार।
नाव किनारे तब लगे, जब खेते पतवार।।

नयनों में ही झाँकिए, जब पढ़ना हो मौन।
नयन सदा सच बोलते, इनसे सच्चा कौन।।

माना इस संसार का, भला करे विज्ञान।
पर सीमा में जब रहे, तब ही है गुणगान।।

एकलव्य है सीखता, गुरु से लेकर ज्ञान।
चतुर न करता आज पर, अंगूठे का दान।।

झूठों का आदर यहाँ, झूठों की ही ठाठ।
हरियाली है झूठ से, सच है सूखी काठ।।

नए मशीनी दौर में, बस धन से अनुराग।
हाथ नहीं कुछ आ रहा, केवल भागमभाग।।

जैसे-जैसे बढ़ रहे, जीवन में संताप।
याद हमें आने लगे, अपने सारे पाप।।

अनबन उनमें हो गई, दोनों हैं बस मौन।
अहम् सामने आ रहा, पहले बोले कौन।।

फिर इसकी जयकार है, फिर झूठे की जीत।
फिर कलियुग है सच खड़ा, हाथ जोड़ भयभीत।।

मृत काया जो तैरती, करे ज्ञान विस्तार।
भार बदन का शून्य है, साँसों का है भार।।

अंतर्मन लिखते नहीं, लिखते केवल गात।
लिखें नहीं इंसानियत, लिखते केवल ज़ात।।

चाँद अकेला रो रहा, मनी न उसकी मौज।
जश्न सितारों का मना, सँग मित्रों की फ़ौज।।

यहाँ-वहाँ झंडे तभी, वो देता है गाड़।
जान गया प्रतिभा नहीं, चलता यहाँ जुगाड़।।

तारीफ़ों के पुल बँधे, आभासी इस मंच।
दस प्रतिशत सच मानिए, बाक़ी रहा प्रपंच।।

अच्छा है तुम भी करो, पढ़ने से परहेज़।
हँसी उड़ाना पर नहीं, पढ़ दिल-दस्तावेज़।।

क्षिति-जल-नभ-पावक-हवा, पाँच तत्व हैं मूल।
इनसे देह मनुष्य की, जीवन के अनुकूल।।

इस दुनिया में है नहीं, जहाँ-जहाँ भी प्रीति।
वहीं नीति का ह्रास है, वहीं लुप्त है रीति।।

मिले बीज को धूप भी, जल भी मिले समान।
तब नव-अंकुर आगमन, तभी सृष्टि में जान।।

संत सुधारें संस्कृति, अभिभावक आचार।
'बादल' समझो तब हुआ, इस जग का उद्धार।।

लोक अदालत से बरी, तू है माना तात।
पर अंतस अबतक करे, गहरी तहक़ीक़ात।।

हम जैसा हैं बोलते, वैसा पड़े प्रभाव।
एक शब्द में है दवा, एक शब्द में घाव।।

ये इनसे हैं ख़ुश नहीं, वो उनसे नाराज़।
बिन एका वो चाहते, लें ऊँची परवाज़।।

'संगत का पड़ता असर', ग़लत कहे संसार।
गुल चुभना सीखा नहीं, ख़ुशबू लिया न ख़ार।।

मति को पीछे छोड़कर, जब छलके जज़्बात।
तभी हृदय में है लगा, इस कलियुग आघात।।

नहीं जमेगी स्वार्थ की, दही कभी भी मीत।
मानवता-मथनी मथे, मिले नेह नवनीत।।

इधर बुरा क्या दिख गया, क्या अच्छा उस छोर।
क्यों पूरब से जा बसे, तुम पश्चिम की ओर।।

यदि हद से ज़्यादा हुआ, हो न सका इज़हार।
अंतस में घुलता रहा, पीड़ा या हो प्यार।।

ज्ञान न ज़्यादा दो कभी, तुम अपनी औलाद।
पौधे को देते नहीं, ज़्यादा पानी खाद।।

खोज-खोज कर मर गए, मिली न पन्ना धाय।
नमक-हलाली का हुआ, आज बन्द अध्याय।।

नमक किसी को है क़सम, नमक किसी को स्वाद।
आंदोलन भी है नमक, कभी क़र्ज़ की याद।।

सिंधु समा कर खो गई, अब दिखती बेचैन।
कल-कल बहती थी नदी, झर-झर बहते नैन।।

गहन ध्यान-अभ्यास ही, लक्ष्य रहा है माँग।
जैसे बगुला देखिए, खड़ा एक है टाँग।।

लंबी-लंबी हाँक कर, जमा रहे जो धाक।
कभी माँग कर देखना, मदद करेंगे ख़ाक।।

ख़्वाहिश का पीछा करे, वो भागे दिन-रैन।
सबकुछ हासिल कर रहा, नहीं मिले बस चैन।।

साँझ ढले ही हो गया, वो रद्दी अख़बार।
मानव, मानव सँग करे, बस ऐसा व्यवहार।।

अन्दर ज़ालिम हैं छिपा, ऊपर सुन्दर खोल।
ज्यों छूने में शीत है, पर शोला पेट्रोल।।

छाले होते पाँव में, चुभते इनको शूल।
कलियुग में जो चल रहे, पकड़े राह उसूल।।

आज प्रबंधन-गुण बिना, प्रतिभा करे न काम।
तालमेल इनका रखें, मिलता तभी मुक़ाम।।

नमी ज़रा-सी जब मिली, और ज़रा-सी धूप।
तभी बीज बस धर सका, इक पौधे का रूप।।

विपदा में रखिए सदा, निज मति पर विश्वास।
कंकर, गागर डालकर, काग बुझाए प्यास।।

ख़ून-ख़राबा देख कर, विचलित हुआ अशोक।
युद्ध कलिंगा जीत कर, उर में उठता शोक।।

भटक रहा है दर-ब-दर, हँसी उड़ाते लोग।
नहीं लगाया आज तक, वो मक्खन का भोग।।

नहीं मिले गर प्यार से, हक़ तुम लेना छीन।
पर भैंसों के सामने, नहीं बजाना बीन।।

जीत हार को कीजिए, बस हँस कर स्वीकार।
जीत ख़ुशी बाँटा करे, अनुभव देता हार।।

दान दिया फिर गा दिया, घूम-घूम चहुँ ओर।
धरम-करम सब धुल गए, पाप हुआ घनघोर।।

चमक-दमक से दूर है, बिना किसी अभिमान।
छिपा कोयले में कहीं, हीरा किसी खदान।।

बाड़े भी बनवाइए, रखिए चौकीदार।
ख़ुशबू पर होता नहीं, माली का अधिकार।।

जो अपनी ही सोचते, मौज मनाते आज।
सबको लेकर जो चला, उस पर गिरती गाज।।

घाव पुराने जब हुए, बनते वो नासूर।
पहले ही कर दीजिए, जड़ से इनको दूर।।

काटा जंगल कर दिया, शहरों का विस्तार।
दूषित है वातावरण, वनवासी लाचार।।

अम्बर में है देखता, जब-जब चाँद चकोर।
विरह वेदना से करे, चीख-चीख कर शोर।।

घाव भरे मन का नहीं, कोई नीम-हकीम।
कभी लगा कर देखिए, हमदर्दी का क्रीम।।

मत रखना मन-भेद तुम, कितना हो मत-भेद।
अन्त समय वर्ना रहे, अंतर्मन में खेद।।

जितना जिह्वा दे रही, हिय को गहरी पीर।
इतना गहरा कब भला, हृदय भेदता तीर।।

तुझ-सा मिले न क़ाफ़िया, मिलता नहीं रदीफ़।
कैसे शे'रों में करूँ, मैं तेरी तारीफ़।।

जीवन में करते रहो, 'बादल' नए प्रयोग।
कूपों के मंडूक-सा, वर्ना लगता रोग।।

विष मिलने पर विष पिया, सोम मिला तो सोम।
हँसते-हँसते यूँ किया, तन-मन अपना होम।।

बुरा न कुछ भी मानता, रखूँ न कोई रंज।
शर्त यही सीधा कहो, कसो न कोई तंज।।

मीठे बोलों से नहीं, मन-मिठास तू भाँप।
कभी न लगता मोर भी, खाता होगा साँप।।

तुम भी रखो गुलाब-सा, अपना सदा उसूल।
ख़ुशबू तो बाँटो मगर, रखो कवच-सा शूल।।

जो बचपन में था पढ़ा, ग़लत हुआ अध्याय।
अब तो पैसा ही हुआ, सब सुख का पर्याय।।

करम कभी मैं कोसता, और कभी तक़दीर।
वर्ना 'बादल' क्यों भला, जलती अपनी खीर।।

'कल' की भी चिंता करो, रखो 'आज' का ध्यान।
किसी एक को भूलकर, दुःखी हुआ इंसान।।

दोनों का व्यवहार ये, कितना है विपरीत।
युवा भविष्य जिये सदा, बूढ़ा जिये अतीत।।

सागर के अभिमान को, देती गहरे घाव।
सागर था समझा उसे, बस कागज़ की नाव।।

छिपा नहीं पाया मगर, वो मन का तूफ़ान।
चिपकाया तो ख़ूब ही, अधरों पर मुस्कान।।

नहीं हार से हार तू, कोशिश कर गंभीर।
दूध फटा तब ही बना, महँगा बहुत पनीर।।

जो सबकी सुनता रहा, निज विवेक को भूल।
वही गुलों को छोड़कर, अक्सर चुनता शूल।।

लाख प्रयासों से नहीं, मन हो मंदिर-धाम।
बस मन-रावण मारकर, हम बनते हैं राम।।

इनका टूटन ख़ार-सा, रिश्ता, दिल या ख़्वाब।
यदि ये जुड़ते आपसे, जीवन खिला गुलाब।।

श्वेत देखते श्याम में, और श्वेत में श्याम।
अलग सोच जो भी रखें, करते अद्भुत काम।।

यही कहावत लोग कुछ, करते हैं चरितार्थ।
वृक्ष फलों से जो लदे, झुके मिलेंगे पार्थ।।

बिगड़ रहा क्यों संतुलन, इस जीवन-उद्यान।
भर-भर कर आँसू मिले, मुट्ठी भर मुस्कान।।

दुःख में नहीं लगाइए, अक़्ल आप अतिरेक।
जहाँ बुरा है कुछ हुआ, वहीं छिपा कुछ नेक।।

माना होते हैं बहुत, दिल के मति से द्वंद।
कुछ भी हो पर नेकियाँ, तुम मत करना बंद।।

पंखों को फैला उड़ी, तोड़ सभी वो पाश।
चिड़िया को मिल ही गया, खुला-खुला आकाश।।

हम अन्तस के पैरहन, जेबें भरे तमाम।
घृणा एक क्विंटल भरे, प्यार सवा सौ ग्राम।।

मति में कचरा जो भरे, कभी न करता साफ़।
उसके ख़ुद के फ़ैसले, उसके हुए ख़िलाफ़।।

समय अगर प्रतिकूल है, चुभे फूल से शूल।
लगे शूल भी फूल-सा, समय अगर अनुकूल।।

हमको करना ही पड़ा, ख़ुद का ही विद्रोह।
आँख हमारी तब खुली, छूटा माया-मोह।।

ख़ुदकुशी नहीं सोचिए, समय अगर प्रतिकूल।
लौटेगी घर ख़ुद ख़ुशी, लिए ब्याज सँग मूल।।

मति से ख़ाली हो गया, जब-जब संयम-कोष।
अंतस-धरती फाड़ कर, बाहर आया रोष।।

उससे क्षति का डर नहीं, पढ़े न जो अध्याय।
पढ़ा-लिखा जाहिल सदा, ख़तरे का पर्याय।।

पकड़ाने का डर करे, उसको चिंतित घोर।
दाढ़ी में तिनका तभी, खोज रहा है चोर।।

निज विवेक को भूल कर, जिसने खोया सब्र।
समझो उसने खोद ली, ख़ुद से ख़ुद की क़ब्र।।

जीवन के उस मोड़ पर, पहुँचा एक अधेड़।
तन माँगे आराम...पर, चिंता से मुठभेड़।।

खुली किताबें जो हुए, वे रो-रो कर चूर।
चुपके से ख़ुशियाँ उड़ीं, जैसे उड़े कपूर।।

उसके मन का विष कभी, नहीं सका मैं भाँप।
तभी पाल बैठा रहा, आस्तीनों में साँप।।

दूरी से ही कीजिए, उसको सदा प्रणाम।
जो मन में ख़ंजर रखे, मुख में रखता राम।।

हरी भरी-सी ताज़गी, हो जीवन आधार।
समय-समय पर काटिए, मन के खर-पतवार।।

असमंजस में है फँसा, कितना वो इंसान।
मन मे जिसके आम है, इमली कहे ज़ुबान।।

इस मतलब के लोक में, यदि रहना ख़ुशहाल।
नेकी तो करिए मगर, दें दरिया में डाल।।

उसने ख़ुद से ही किया, अनुचित बहुत सुलूक।
फैली धरती छोड़कर, बना कूप मंडूक।।

किया मोह का त्याग जब, तब सिर उतरा भार।
धूल उड़ाता फिर चला, मस्ती में किरदार।।

बस एका से है विजय, पाते लक्ष्य तमाम।
झाड़ू से बिछड़े अगर, तिनका करे न काम।।

सब पाने की चाह में, धरती मिली न व्योम।
मति के मारे यूँ किये, सब सुख अपना होम।।

उसने कीं सौ कोशिशें, फिर भी टूटी आस।
हारा 'बादल' कब तलक, करता रहे प्रयास।।

सतयुग-त्रेता में दिखे, द्वापर-कलियुग संग।
हर युग में दिखते रहे, श्वेत-श्याम से रंग।।

हार नहीं हरदम बुरी, जीत न हरदम नेक।
सीमा में अच्छे सभी, बुरा सदा अतिरेक।।

सत्य अकेला ही लड़े, शीश ईश का हाथ।
सच से डरकर भागते, दस-दस झूठे साथ।।

सूखे पत्तों पर चलें, ज़रा अदब से आप।
ये ही करते दूर थे, गर्मी के संताप।।

शातिर झूठे लोग की, बस इतनी पहचान।
कुटिल सोच मन में छिपी, अधर कुटिल मुस्कान।।

भीष्म द्रोण धृतराष्ट्र हैं, बीच हमारे कौन?
जो असत्य का साथ दें, निज मुख रख कर मौन।।

छल से तुम फैला रहे, अपना कारोबार।
सच बतलाओ, क्या रहा, अंतर्मन धिक्कार?

जब तक हद में ख़्वाहिशें, तब तक है सम्मान।
सरिता को सागर मिला, खोई निज पहचान।।

'बादल' ने कर ली अभी, आत्मसात ये सीख।
बिन माँगें मोती मिले, माँगे मिले न भीख।।

जो बनकर चिकने घड़े, रखते मन में मैल।
उनके तन-मन व्याधियाँ, जल्दी जातीं फैल।।

नौ सौ चूहे खा गई, बिल्ली जपती जाप।
पर उसका मन जानता, उसके सारे पाप।।

सभी डूब पढ़ने लगे, ख़बर सनसनीखेज़।
नयन बिखेरे जब कभी, दिल के दस्तावेज़।।

जीवन से आती रही, मधुर-मधुर-सी गंध।
जब तक जिस्मों से रहा, साँसों का अनुबंध।।

यश धन मिले न श्रेष्ठ को, सब दरवाज़े बंद।
मियाँ, सितारे जब तलक, होते नही बुलंद।।

ऐसे निंदक तुम कभी, रखो न अपने पास।
शब्द-चयन में आ रही, जिनके गंदी बास।।

भोर गुलाबी थी अभी, अब है पीली धूप।
ऐसे ही बस जानिए, जीवन बदले रूप।।

कम हो या फिर हो अधिक, दोनों से हो रार।
रिश्तों में हो प्रेम का, नमक स्वाद अनुसार।।

नव प्रभात करने उधर, इधर हुआ रवि अस्त।
मंद-बुद्धि कुछ मानते, रवि की इसे शिकस्त।।

इस कलियुग में प्रभु नहीं, देते गहरी चोट।
अक्सर फलते-फूलते, जिनके मन में खोट।।

जो ख़ुद को कहता फिरा, श्रेष्ठ और प्रज्ञान।
मूरख बस होता वही, करता निज गुणगान।।

हिम्मत देती है बहुत, 'बादल' को ये सीख।
सत्य नहीं है माँगता, कभी समर्थन भीख।।

भजन भजो भिनसार से, गाओ गीता ज्ञान।
यदि मन-मंदिर मैल है, देव न देते ध्यान।।

तू-तू मैं-मैं हो गई, ''मैं जब आया बीच।
'हम' से होती है सुलह', 'हम' का पौधा सींच।।

लोहा-पत्थर से गढ़ा, किला भले मजबूत।
यदि एका होगी नहीं, उसको काटे सूत।।

दीपक की इक लौ करे, अँधियारे को दूर।
मिटना उसका तय सदा, जिसने किया गुरूर।।

सबसे ही मुश्किल रहा, अंतर्मन का युद्ध।
पार्थ ने जाना इसे, या फिर जाने बुद्ध।।

कहते-कहते रुक गये, जो अपने जज़्बात।
अक्सर उनको ही हुआ, जल्दी हृदयाघात।।

जहाँ स्वार्थ दिखता उसे, वहीं मिलाता ताल।
कौवा चलता है वहाँ, तभी हंस की चाल।।

ईश्वर तेरे न्याय का, ‘बादल’ हुआ मुरीद।
कुटिया थक कर सो रही, महल उड़ी है नींद।।

नित्य मिलाता सूर्य जब, अँधियारे को ख़ाक।
तब किरणें हैं बाँटतीं, उजियारे की डाक।।

नहीं अलापें हर कहीं, सज्जनता के राग।
सीमा तक ही ठीक है, इस कलियुग में त्याग।।

इतनी-सी इक बात को, नहीं समझते आप।
भागीरथ गंगा दिये, बस धोने को पाप।।

श्वेत कभी तो श्याम है, करनी ही आधार।
प्रभु का ये है फ़ैसला, सब करिए स्वीकार।।

मंज़िल मिली न आज तक, ‘बादल’ भटका राह।
कुछ रूठी तक़दीर थी, कुछ वो लापरवाह।।

नूतनता के साथ ही, रखें पुरातन याद।
करें बुज़ुर्गों से सदा, बच्चों सँग संवाद।।

अंतस बल ने दी सदा, पीड़ाओं को मात।
सिद्ध हुआ मन श्रेष्ठ है, गौण हमेशा गात।।

क्षमा श्रेष्ठ व्यक्तित्व है, क्षमा श्रेष्ठ व्यवहार।
क्षमा श्रेष्ठ आराधना, क्षमा श्रेष्ठ उपहार।।

छीन ख़ुशी, ये बाँटते, बस मन के संताप।
करें विसर्जित आज ही, नफ़रत, घृणा व पाप।।

समाचार बिकने लगे, हों टीवी अख़बार।
अब चौथा (इ)स्तंभ भी, घायल–सा किरदार।।

'बादल' ने साज़िश रची, छिपा दिया रजनीश।
खोजे करवा चौथ पर, वधू उठाकर शीश।।

सुख–दुःख में है बढ़ गया, यदि दुःख का अनुपात।
ग़ैर ज़रूरी भूलिए, दिल के सब जज़्बात।।

चित्त न होता शांत तब, मन बस हाहाकार।
जब अपना मन सोचता, लेने का प्रतिकार।।

सब में है कुछ ख़ूबियाँ, वो ही देखें तात।
वैसे तो बेशक़ बुरी, सब में है कुछ बात।।

अंतर्मन को कीजिए, वश में अपने तात।
चंचल मन भटके बहुत, मचा रहा उत्पात।।

देने से मिलता यहाँ, भर-भर कर सम्मान।
दस प्रवचन से है बड़ा, ये छोटा-सा ज्ञान।।

लगा मोर पंखी कभी, कौवा हुआ न मोर।
पहन मुखौटा धूर्त सब, पाप करें घनघोर।।

नैया है मझदार में, टूटी है पतवार।
घोड़ा बेचा सो गया, अपना खेवनहार।।

सब गठबंधन झूठ के, रहते जब तक स्वार्थ।
सच एकल करता रहा, बिना स्वार्थ परमार्थ।।

ताने मारें लोग तो, मत घबराना तात।
मेंढक टर्राते सदा, हैं केवल बरसात।।

बातें रखनी गुप्त तो, खोलें नहीं ज़ुबान।
दीवारों के भी मियाँ, होते दो-दो कान।।

सावन का अंधा नहीं, देखे काला रंग।
वो देखे हर सूँ हरा, जैसे पी हो भंग।।

अगर स्वार्थ वश हो गई, आपस में तक़रार।
फिर शेरों के घर रहें, गीदड़ और सियार।।

कौवा के पीछे पड़े, मानुष यहाँ महान।
जब से सुने कि ले गया, कौवा उनके कान।।

उठा दृष्टि नभ डालिए, मिलता अद्भुत ज्ञान।
जो तारा चमके बहुत, टिके उसी पर ध्यान।।

मरहम नहीं लगाइए, चुभने दें कुछ भाव।
सबक हेतु ही आप कुछ, पाले रखिए घाव।।

और नहीं कुछ चाहिए, मुझको अब अतिरेक।
जिनसे सुख-दुःख बाँच लूँ, साथी हों दो-एक।।

झूठ भले बेशर्म है, लड़ता बन कर ढीठ।
सच से डरता है मगर, दिखा भागता पीठ।।

मुँह पर जिनके चाशनी, अंदर वही ख़िलाफ़।
जिन्हें क्रोध आता अधिक, वही दिलों के साफ़।।

निज तुलना करिए नहीं, रखें हमेशा याद।
भिन्न-भिन्न फल के यहाँ, भिन्न-भिन्न हैं स्वाद।।

बड़-बोले सब हो रहे, अभी सोचता कौन।
कहाँ बोलना है हमें, कहाँ रखें हम मौन।।

मत दो छोटी बात को, तुम नफ़रत के रंग।
ऐसे भी टाली गयी, लिखी-लिखाई जंग।।

लक्ष्मण रेखा लाँघते, मति में जिनके दोष।
ज्ञानी सीमा में रहें, मन पालें संतोष।।

चौसर पर है ज़िन्दगी, पासा शकुनी पास।
फिर भी रखकर हौसला, लड़ता निज विश्वास।।

अक़्ल डालती जब कभी, सबकी सोच फ़ितूर।
काट चिकोटी रोकता, दिल इक बार ज़रूर।।

नदिया ने ऐसे किया, काम बहुत ही नेक।
मिटा दिया अस्तित्व निज, किये किनारे एक।।

घाव करे लंबी ज़ुबाँ, रखना इसे समेट।
ज्यों लंबा धागा रखें, ज्ञानी सदा लपेट।।

ढलने पर जीवन लगे, विषम एक संग्राम।
उगते सूरज को करें, झुक-झुक सभी प्रणाम।।

चाँदी जैसी चाँदनी, सोने जैसी धूप।
तपने से 'बादल' सदा, दमका सबका रूप।।

नेह अंकुरित जब हुआ, सृजित हुआ सद्भाव।
प्रेम असर फिर यूँ किया, मिटा हृदय का घाव।।

अनहद मन चंचल अगर, या अनहद गंभीर।
जटिल दशाएँ दो यही, देतीं गहरी पीर।।

सुनो, एक बस सच यही, एक यही बस राज़।
साधे से सब है सधे, करते रहें रियाज़।।

विघ्न-कंटकों से कभी, मत होना भयभीत।
मन के हारे हार है, मन के जीते जीत।।

सपने में मंज़िल मिली, उभरे फिर जज़्बात।
फिर पावन भू को...लिपट, चूमा सारी रात।।

हासिल उसको कुछ नहीं, जिसे ग़ैर से आस।
मृगतृष्णा से कब बुझी, मानव मन की प्यास।।

''बातें लच्छेदार-सी'', कभी चुराएँ चित्त।
तुमको उलझाकर कभी, यही लूटतीं वित्त।।

जीवन के हर पृष्ठ पर, तेरा ही गुणगान।
अक्षर-अक्षर तू प्रिये, तू पुस्तक उन्वान।।

तय उसका है डूबना, कभी न होता पार।
एक साथ दो नाव पर, जो भी हुआ सवार।।

लो, मैं भी थक-हार कर, आज लिया यह मान।
हाँ, आँखों में है नमी, अधरों पर मुस्कान।।

मुझे मिला यह ज्ञान है, ध्यान लगा एकान्त।
इच्छा है यदि शान्ति की, इच्छा करिए शान्त।।

तुझसे मिलने की ख़ुशी, ऐसी लगती मीत।
जैसा पानी गुनगुना, हमको लगता शीत।।

हँसते-हँसते क्यों हुआ, चंचल मन गंभीर।
अब दर्शन है गा रहा, होकर संत कबीर।।

दिल मत तोड़ा कीजिए, दिल तो है नादान।
कब केवल दिल टूटता, सँग टूटे इंसान।।

संबंधों में गाँठ को, धीरे से यूँ खोल।
दिल में शिकवा हो अगर, मुख से दे तू बोल।।

दुश्मन की तब-तब मनी, मस्ती के सँग मौज।
अपनों ने जब है चुनी, नाक़ाबिल की फ़ौज।।

हज़्म न उनकी बात हो, ख़ुद को कहें वरिष्ठ।
जैसे पचता है नहीं, खाना बहुत गरिष्ठ।।

तप कर कुंदन कुछ हुए, और हुए कुछ राख।
फल उनको वो ही मिला, जिनकी जैसी शाख।।

उल्टी होना लाज़मी, सच सुनने के बाद।
किसको आया रास है, सच का कड़वा स्वाद।।

उम्मीदें मरहम कभी, और कभी हैं घाव।
उम्मीदें पालें मगर, रखिए नहीं लगाव।।

सामाजिक चोटें नहीं, भरते नीम-हकीम।
एक दवा इस रोग की, घर-घर हो तालीम।।

तभी असंभव से लगे, संभव से कुछ काम।
जब विरुद्ध हो (इ)स्थिति, मन हारा संग्राम।।

'बादल' भ्रम में मत रहो, बदल गया संसार।
छल से लूटें सब तुम्हें, लुटा रहे तुम प्यार।।

संगत ने बदला सदा, मानव का किरदार।
दो रंगों का मेल ले, नया रंग अवतार।।

पाप देखकर चुप रहा, जो भी इस संसार।
वो भी होता पाप का, पूरा भागीदार।।

ग़ैरों की कमियाँ गिनें, कहें स्वयम् को सिद्ध।
नज़र गड़ा कर बैठते, ज्यों शिकार पर गिद्ध।।

स्वागत में रखिए सदा, बस मीठे कुछ बोल।
पावन ये करते असर, ज्यों चरणामृत घोल।।

मन्नत के धागे बँधे, सँग श्रद्धा-विश्वास।
नाज़ुक-से इक सूत से, जीवन जगती आस।

घी चुपड़ी रोटी नहीं, भिंडी बिन बेहाल।
याद करूँ परदेस में, घर का चावल-दाल।।

सूरत को हो पूजते, सीरत को धिक्कार।
फिर तो चुभना तय हुआ, तुमको दिल मे ख़ार।।

रंग-रूप से मत करो, जीवों की पहचान।
कौवा कर्कश बोलता, कोयल मीठा गान।।

व्यस्त रहे या मस्त वो, नज़र रखे हर ओर।
राज़ सभी वो जानता, लेकिन करे न शोर।।

अहम् अगर घर कर गया, सब कुछ होता राख।
ज्ञान मरा, रिश्ता मरा, जतन करो तुम लाख।।

उमर बढ़े, अनुभव बढ़े, बढ़े जगत का ज्ञान।
मगर क्षोभ, पीड़ा बढ़े, यदि अंतस अभिमान।।

ख़ुशियाँ आँखों में दिखे, होठों पर मुस्कान।
पर अंदर जब झाँकिए, मानुष दुःख की खान।।

अपशब्दों पर चुप रहें, नहीं दिखाएँ रोष।
मेंढक टर्राना शुरू, कोयल है ख़ामोश।।

'बादल' बस वो ही यहाँ, एक बड़ा इंसान।
तुझे कराता जो नहीं, छोटेपन का भान।।

सृष्टि रचित ऐसे हुई, विधि का यही विधान।
साँसों पर पहिने सभी, जिस्मों के परिधान।।

जहाँ न डेरा डालता, मन में शक़ का भूत।
रिश्तों की होती वहीं, बुनियादें मजबूत।।

अक्सर मारा वो गया, करता सच की बात।
विष का प्याला आज भी, पीता है सुकरात।।

जब भी रोता फूटकर, कभी न करता शोर।
आँसू ठहरे हैं सदा, बस पलकों की कोर।।

सीधा सँग मीठा मनुज, हुआ हमेशा ढेर।
इक गन्ने को दस दफ़ा, जैसे देते पेर।।

अति मीठा बोलें सदा, झुककर करें प्रणाम।
कई धूर्त ऐसे करें, सबका काम तमाम।।

आदर जहाँ बुज़ुर्ग का, वो घर ही आबाद।
भवन नहीं टिकता अगर, चोट लगी बुनियाद।।

अनुभव है सबसे बड़ा, देता अनहद ज्ञान।
जारी रखिए कोशिशें, फिर सब कुछ आसान।।

निज अंतर्मन झाँकिए, और देखिए पाप।
उँगली तभी उठाइए, किसी और पर आप।।

हमीं सुधारक, ज्ञान हम, दर्पण हमीं समाज।
अगर ग़लत से हम डरें, फिर कैसे कविराज।।

मैं कब तुमसे माँगता, बस ख़ुशियों की खान।
हाँ, आँसू के साथ दो, कभी-कभी मुस्कान।।

सज़ा सदी को है मिली, लम्हा करे गुनाह।
इसीलिए 'बादल' चलो, फूँक-फूँक कर राह।।

शिक्षा अच्छी दीजिए, तब लायक है पूत।
काम नहीं आते मियाँ, पीपल बरगद सूत।।

सभी लुटेरों में सदा, सबसे बड़ा है 'रोष'।
सोच-समझ ये मारता, लूट ज्ञान का कोष।।

नैनन नीर बसाइए, तब अच्छा किरदार।
मिट्टी गीली जब हुई, तभी धरे आकार।।

क्रोध कराता है क्षणिक, हमसे कोई पाप।
जीवन भर नासूर बन, चुभे वही संताप।।

फिर तो दुःख होता नहीं, होता अगर बिछोह।
शर्त यही है छोड़िए, पहले माया मोह।।

नैया हिम्मत से लड़ी, कभी न मानी हार।
सागर करके थक गया, प्रतिपल उससे रार।।

दस रुपये-सा हो गया, सौ रुपये का नोट।
अर्थशास्त्र है झेलता, पूंजीवादी चोट।।

ज़्यादा ऊँची तू अगर, लेता है परवाज़।
तुझ तक आएगी नहीं, अपनों की आवाज़।।

ख़ुश हो मत इतराइए, करता हूँ आगाह।
कम समझ आता जिसे, अधिक करे वो 'वाह'।

‘बादल’ कहता चीख कर, बिल्कुल सच्ची बात।
कोशिश होती है सफल, वादा करता घात।।

‘अगर-मगर’ कहता नहीं, और न कहता ‘काश’।
अवसर की करता नहीं, योद्धा कभी तलाश।।

सुन्दर बहुत गुलाब हैं, मगर चुभाते शूल।
तभी लुभाते हैं हमें, अमलतास के फूल।।

सीमा में सीमित किया, ख़ुद का अगर वज़ूद।
ख़ुद फटते हम एक दिन, बन गोला बारूद।।

पूंजीवादी नीतियाँ, आम हुए कंगाल।
जितने भी हैं ‘ख़ास’ वो, होते मालामाल।।

राज़ सफलता का उसे, पता चला है आज।
छोड़ परिश्रम हो गया, वो भी मक्खनबाज।।

जब जीवन में आपके, आता है तूफ़ान।
अपनों की होती तभी, सही-सही पहचान।।

वो अब आँखों से लिखे, दिल के सब जज़्बात।
लेकर रख दी ताक पर, अपनी क़लम-दवात।।

जहाँ उपस्थित हम नहीं, इनसे है पहचान।
अपने गुण-अवगुण वहाँ, प्रतिनिधि रूप समान।।

कपड़े मत महकाइए, लगा-लगा कर इत्र।
तभी बसेंगे याद में, महका अगर चरित्र।।

अंतर्मन में जब हुआ, अँधियारे का शोर।
आशा-किरणें आ गयीं, लेकर उजली भोर।।

आत्ममुग्ध गुस्सा घृणा, अहंकार व्यभिचार।
मन के रावण पाँच हैं, इनका कर संहार।।

जब मानव की आँख में, झोंकी जाती धूल।
दृष्टि साफ़ होती तभी, करे न फिर वो भूल।।

तन तो सह लेता सभी, नफ़रत-ईर्ष्या बाण।
मन का कोलाहल मगर, हर लेता है प्राण।।

खोता निज अस्तित्व है, अधिक जो करता चाह।
सागर से मिल ज्यों नदी, ख़ुद को करे तबाह।।

दुर्जन के मुँह मत लगो, सब बातें दो टाल।
ज़्यादा दिन टिकते नहीं, सड़े हुए फल डाल।।

हम अपना सुख-चैन सब, ख़ुद ही लेते छीन।
अगर भैंस के सामने, रहे बजाते बीन।।

जितनी ही तुम खींचते, पीछे उसकी टाँग।
वो उतनी ही मारता, लम्बी बहुत छलाँग।।

हया अगर दिल में छिपी, ऐसे पढ़िए प्यार।
होठों पर इन्कार है, आँखों में इज़हार।।

नहीं हार से होइए, 'बादल' तनिक निराश।
अपनी कोशिश को कहें, पीठ ठोक 'शाबाश'।।

रौब जमाने के लिए, लम्बी-लम्बी हाँक।
अगर मदद माँगे कोई, 'बादल' बगले झाँक।।

ख़ुशियों के घन आ इधर, भर दे हिय के कूप।
जीवन का सूखा मिटे, निखरे समय अनूप।।

नहीं धूप में छाँव है, नहीं छाँव में धूप।
जीवन होता है नहीं, इच्छा के अनुरूप।।

अपने सुन्दर पंख पर, इतराता है मोर।
मगर न ऊँचा उड़ सके, ख़ूब लगाए ज़ोर।।

चाटुकारिता वो करें, जो चाहें सम्मान।
भीख कभी माँगें नहीं, सच्चे प्रतिभावान।।

मददगार करते मदद, पास रहें या दूर।
दूरी से भी फल दिया, जैसे वृक्ष खजूर।।

समय बुरा होता नहीं, करें समय का मान।
सज्जन-दुर्जन का यही, करवाता पहचान।।

फैला है हर क्षेत्र में, साम-दाम का खेल।
कुछ तलवे हैं चाटते, लगा रहे कुछ तेल।।

'हाँ हाँ' करके 'ना' करें, वो देते हैं कष्ट।
वो ही अच्छे लोग हैं, जो बोलें (इ)स्पष्ट।।

भगवन सुनते हैं सदा, चाहे वर्षों बाद।
श्रद्धा से जब माँगते, होती पूर्ण मुराद।।

गुल गुलशन हरियालियाँ, वहाँ जहाँ है प्यार।
नफ़रत पलती है जहाँ, जीवन खरपतवार।।

हुआ चिकित्सा योग से, सब कुछ संभव आज।
पर शक़ का होता नहीं, जग में कहीं इलाज।।

नई सोच के साथ है, नई एक शुरुआत।
जब जाना हम मोहरे, दुनिया एक बिसात।।

साहस ही ऊर्जा भरे, साहस गढ़े महान।
साहस बिन होता नहीं, सफल एक अभियान।।

आसानी से जो हुए, सुलभ सभी को आज।
भाव उन्हें देता नहीं, कलियुग सभ्य समाज।।

दुनियादारी भूलकर, सिमट रहे हैं आज।
समझाने पर चिढ़ रहे, बच्चे तुनकमिज़ाज।।

पौधों नें जब-जब किया, वृक्षों का अपमान।
बुनियादें हिलने लगीं, गिरने लगे मकान।।

तन मन धन से जो हुआ, दुनिया में लाचार।
जन्म लिया इक बार वो, मरा हज़ारों बार।।

वैसे तो समझें यहाँ, सब "मतलब की बात"।
"बातों का मतलब" नहीं, समझे कोई तात।।

'बादल' उलझा जब हुई, दिल-दिमाग़ में द्वन्द।
किसकी सुननी चाहिए, कौन भरोसेमन्द।।

नहीं प्रशंसा वो करें, तो क्यों हो संताप।
सेल्फ़ी युग में खींचिए, फ़ोटो अपनी आप।।

अधजल गगरी ही सदा, रही बजाती गाल।
वही निकालें साथियो, सदा बाल की खाल।।

जीवन के उलझे सभी, सुलझेंगे सब जाल।
ख़ुद से भी करते रहें, 'बादल' सदा सवाल।।

वो ही अक्सर हारते, जो घमंड में चूर।
खिसियाकर फिर वो कहें, खट्टे हैं अँगूर।।

सबका होता है नहीं, मैला-सा किरदार।
गेहूँ के सँग पिस रहा, घुन भी बरख़ुरदार।।

वो खुलकर हँसता रहा, अचरज में संताप।
थकी-थकी सब साज़िशे, मिलकर करें विलाप।।

चुभते मुझको आजकल, फूलों से भी शूल।
कब तक रहता देखिए, काल चक्र प्रतिकूल।।

आना-जाना रीत है, आज प्राण कल राख।
पात पुराने ज्यों झरें, नए उगे हैं शाख।।

दोनों से अकड़े बदन, प्रथम करारी ठंड।
दूजा, मानव ने अगर, पाला तनिक घमंड।।

कैसे देकर दाद मैं, कहूँ शे'र पर 'वाह'।
मुझे सुनाई दे रहा, शब्द-शब्द में 'आह'।।

यदि कोई परखे तुम्हें, मत करना संताप।
सोना ही परखा गया, नहीं कोयला छाप।।

खुलकर तारीफ़ें करो, यदि कोई हक़दार।
वो चिढ़कर चुप बैठता, जो बौना किरदार।।

अहंकार हैं पालते, तथाकथित विद्वान।
रावण का हम देखते, चारित्रिक अवसान।।

अक्सर करते ग़लतियाँ, अति उत्साही लोग।
जहाँ न करना चाहिए, करते वहीं प्रयोग।।

श्वेत कभी होता सफ़र, और कभी है स्याह।
स्वागत दोनों का करें, जो भी हो हमराह।।

माना है कमज़ोर वो, सहे न हल्के वार।
पर निर्भय होकर कहे, शीशा...सच हर बार।।

सिखा गया गहरा सबक, हमें एक रँगरेज़।
रँगा नहीं करते कभी, दिल के दस्तावेज़।।

बात बहुत ये गूढ़ है, और ज्ञान से युक्त।
एक क्षमा करता मगर, दो-दो होते मुक्त।।

इन्हें पिघलना तय वहाँ, जहाँ प्यार जज़्बात।
भले न पिघले आग से, लोहा या इस्पात।।

जिह्वा भरती घाव है, जिह्वा करे अजोर।
जिह्वा ही विष है कभी, जिह्वा आदमख़ोर।।

मिली हार पर हार है, मगर न टूटी आस।
बदलेगा यह वक़्त भी, लगा रखी अरदास।।

बूँदें करती ओस की, फूलों पर विश्राम।
सेज न उनकी तोड़िए, ले पूजा का नाम।।

सोच-समझ कर बोलिए, रहे न कोई खेद।
नाव डुबोने के लिये, एक बहुत है छेद।।

अहम्-वहम् दो दैत्य हैं, इनके दो आहार।
रिश्तों की नीवें प्रथम, दूजा गहरा प्यार।।

मुस्कानों में खोजिए, उसके सारे घाव।
वो मुख पर है लेपता, ख़ुशहाली के भाव।।

सबको फूल गुलाब का, आता ख़ूब पसंद।
ताज़ा ख़ुश्बू से भरा, सूखा तो गुलकंद।।

मिर्ची की देखो ज़रा, ये कैसी करतूत।
सूरत मिलने से कहे, मैं भी हूँ शहतूत।।

सच कहने में आजकल, जितनी डरे ज़ुबान।
उससे भी ज़्यादा डरे, सच सुनने में कान।।

मधुमक्खी सा बाँटिए, 'बादल' सदा मिठास।
उन्हें डंक भी मारिए, जो तोड़ें विश्वास।।

झूठ समर्थित भीड़ ने, सच से किया विवाद।
चुप्पी साधा एक सच, कुछ लड़ने के बाद।।

अश्रु और मुस्कान को, लगा अनोखा रोग।
ख़ुशियों में आँसू बहे, दुःख में हँसते लोग।।

शक़ उपजा तो इन्द्रियाँ, बदली हैं किरदार।
कान हुए जासूस हैं, आँखें पहरेदार।।

मकड़ी से कारीगरी, चिड़िया से तरकीब।
चींटी से हम सीखते, श्रम से बने नसीब।।

मुँह खोले तो खुल गई, उनकी सारी पोल।
चुप थे तो ज्ञानी लगे, बोले तो बकलोल।।

अतिशयता अच्छी नहीं, हो चाहत या रार।
सीमा में रखिए सदा, अपने सब व्यवहार।।

तंज सपोलों ने कसे, किया अनादर घोर।
दम घुटने से हो गए, लुप्त डायनासोर।।

जब से उसको लग गया, नाकामी का रोग।
'बादल' ने देखे यहाँ, बदले-बदले लोग।।

हार नहीं है सोचता, नहीं सोचता जीत।
'बादल' चाहे तैरना, धारा के विपरीत।।

गुरुवर

गुरु की पूजा-अर्चना, जिस घर करे सुजान।
वहीं ईश का वास है, वहीं ईश वरदान।।

अमृत से हैं कम नहीं, गुरु के सात्विक बोल।
आँख मूँद पी जाइए, चरणामृत का घोल।।

मन की दुविधा वो हरें, कोई भी हो क्षेत्र।
गुरु के ज्ञानी बोल ही, सदा खोलते नेत्र।।

गुरु की बातों की चुभन, जैसे कड़ुवा नीम।
पर मन के हर घाव के, गुरु हैं एक हकीम।।

'समय' तथा गुरु एक सम, करिए 'समय' प्रणाम।
सीख 'समय' से जो लिए, सफल हुए सब काम।।

'छल बल' 'गुरु बल' एक सम, त्वरित दिया ये ज्ञान।
छल से हारे लोग भी, अक्सर हुए सुजान।।

पुस्तक

अंतस में जो घोलते, हैं पुस्तक के ज्ञान।
मनसा-वाचा-कर्मणा, मानुष हुए महान।।

ज्ञानी पुस्तक लिख रहे, पुस्तक बाँचे ज्ञान।
पुस्तक पढ़ मानव हुए, ज्ञानी चपल सुजान।।

प्रतिदिन पढ़िए आप कुछ, अधिक पढ़ें या अल्प।
पुस्तक का मिलता नहीं, जग में कहीं विकल्प।।

उलट-पलट पढ़ते रहें, जीवन के अध्याय।
'निज अनुभव' ही श्रेष्ठ है, पुस्तक का पर्याय।।

निज जीवन पुस्तक लिखी, लिखा ज्ञान-अज्ञान।
पढ़-पढ़ बढ़ती जा रही, ख़ुद से ही पहचान।।

पुस्तक सड़कों पर बिकी, जब किलो के भाव।
आँखें नम-सी हो गईं, गहराया हिय-घाव।।

रिश्तों के तार

आनन से पढ़ लीजिए, उनके मन को आप।
पिता कभी कहते नहीं, निज मन के संताप।।

पिता दिए हिम्मत कभी, किये कभी भयभीत।
पिता-पगों पर चल मिली, हर बाधा पर जीत।।

बच्चों का साहस पिता, माता का शृंगार।
दायित्वों में है बँधा, घर का पालनहार।।

थके पिता कब हैं दिखे, मुख पर लिए थकान।
घर भर में ताकत भरे, बस उनकी मुस्कान।।

पिता नारियल से सदा, ऊपर बहुत कठोर।
पर अन्दर शीतल तरल, नाज़ुक औ' कमज़ोर।।

नहीं नींद की हो रही, एक पिता को दीद।
चुभे आँख में रात भर, बच्चों की उम्मीद।।

शब्द नहीं हैं कोश में, माँ है वो विस्तार।
सृष्टि रचयिता को करूँ, बस प्रेषित आभार।।

सिरहाने पर बैठ कर, अम्मा चूमे माथ।
सभी बलाएँ टल गयीं, सिर पर रखते हाथ।।

बच्चे बसे बिदेस में, नहीं वियोगी पीर।
अम्मा रो-रो देखतीं, बच्चों की तस्वीर।।

माँ ने पलकों पर रखा, करतीं प्यार-दुलार।
बोलो मेरे पाँव फिर, कैसे चुभते ख़ार।।

साहस भर प्रेरित करे, सदा रही (इ)स्तम्भ।
बस माँ आँचल थाम कर, हम भरते हैं दम्भ।।

त्याग दया की मूर्त है, प्रेम ज्ञान का रूप।
काश बनू मैं भी कभी, निज माँ के अनुरूप।।

आँखों से बहते रहे, उसके सब जज़्बात।
माँ चिंता मेरी करे, जागे सारी रात।।

संतानें परदेस में, माँ मरती कर याद।
जैसे पौधे सूखते, बिन पानी बिन खाद।।

माँ की बरसी भूलकर, जश्न मनाते डूब।
पर वृद्धाश्रम में पिता, गुमसुम रोये ख़ूब।।

मात-पिता को भूलकर, लगता भगवन भोग।
'बादल' ने देखे बहुत, यहाँ अधर्मी लोग।।

तुम अपनी उपलब्धियाँ, उन्हें सुनाना रोज़।
मात-पिता हेल्दी रहें, ले यह बूस्टर डोज़।।

झोपड़ियों में देखिए, बेबस माँ का प्यार।
बासी खाना वो करे, गरम... जला अख़बार।।

दुर्बल का संबल रहा, प्रतिपल ही परिवार।
ढाल रहे भाई-बहिन, मात-पिता पतवार।।

जब वो टूटा था बहुत, जब रूठे थे नाथ।
भाई ने थामा तभी, आकर उसका हाथ।।

रिश्तों की तुरपाइयाँ, अब करता है कौन।
रिश्ते झीने क्या हुए, सब हो जाते मौन।।

चाचा-मामा-मौसियाँ, ताऊ बुआ मिठास।
वहीं करेला बस उगे, जहाँ बहू औ' सास।।

बच्चे होते दूर जब, नींद न होती रैन।
जाकर उनको चूम लूँ, आतुर मन बेचैन।।

शब्द हुए सब मौन हैं, नैन बहे बस धार।
बेटी की तारीफ़ जब, छपी सभी अख़बार।।

रिश्तों के (इ)स्कूल में, यही विषय नासूर।
राजनीति विज्ञान सँग, रखें गणित को दूर।।

दीवारें गिरतीं सदा, उनमें अगर दरार।
रिश्ता अगर दरार है, उठे वहीं दीवार।।

जब रिश्तों पर पड़ रही, आज स्वार्थ की आँच।
नाज़ुक रिश्ते टूटते, जैसे टूटे काँच।।

रहे माँग अनुसार ही, चंचल या गंभीर।
रिश्तों में आती नहीं, ऐसे कभी लकीर।।

डर कर मदद न माँगता, करें न वो इंकार।
रिश्तों में पड़ने न दी, मैंने कभी दरार।।

दूरी से मिलना सदा, बहुत न जाना पास।
संबंधों में यूँ कभी, आती नहीं खटास।।

यदि रिश्ते हैं ख़ून के, ईश्वर का वरदान।
मित्र सदा करते रहे, जीवन को आसान।।

निज भाषा - हिन्दी

संस्कृत से हिन्दी मिली, हिन्दी से अभिव्यक्ति।
निज भाषा से ही हुआ, यहाँ पूर्ण हर व्यक्ति।।

इसीलिए यह फैलती, जाती सकल जहान।
हिन्दी पकड़े चल रही, भाषा का विज्ञान।।

हिन्दी निःसंदेह है, भारत का शृंगार।
अक्षर-अक्षर दे रहा, भावों को आकार।।

सब भाषाओं को किया, बस बहिनों-सा प्यार।
गले लगा हिन्दी करे, सबको अंगीकार।।

नहीं कैपिटल है यहाँ, नहीं यहाँ (इ)स्माल।
समता को अपना चली, हिन्दी बनी मिसाल।।

और कहीं दिखता नहीं, ऐसा वार्तालाप।
बस हिन्दी आदर करे, सबको कहकर 'आप'।।

अ से अनपढ़ से शुरू, ज्ञ से होता ज्ञान।
हिन्दी भाषा में छिपा, नपा-तुला विज्ञान।।

अंग्रेज़ी के प्यार में, हिन्दी दिये भुलाय।
लड़की होती 'बेब' अब, लड़का होता 'गाय'।।

हिन्दी - अंग्रेज़ी संगम

जीवन की इस राह में, यही किया बस फ़ील।
ख़ुशियाँ गज-दो-गज चलीं, दुःख तो मीलों मील।।

कुछ साँपों की हो गयी, जब बाजों सँग डील।
चिंता भय उनके हुए, ताक़त में तब्दील।।

लोभी कहते 'लाभ' को, 'इट इज़ नन बट वेल्थ'।
समझदार को 'लाभ' है, 'नन अदर दैन हेल्थ'।।

छोटी-छोटी हार पर, मम्मी लेतीं पेन।
पर मुझको समझा रहीं, ''बेटा ट्राइ अगेन''।।

कहें मुँगेरी, मैं उड़ा, ''अब परियों के लोक''।
सोच-सोच गज्जू हँसें, ''व्हाट अ लवली जोक''।।

बच्चों को हूँ डाँटता, वो जब करते भूल।
बच्चे कहते आज के, ''कम ऑन डैड, कूल''।।

रचना चोरी कर लिखें, पढ़े-लिखे कुछ जीव।
कुछ इतने भी गिर गये, ''आई कान्ट बिलीव''।।

रीक्रिएट हम कर रहे, सारे बीते ऐक्ट।
इतना कहना है अभी, "लेट अस नो द फ़ैक्ट"।।

भोले मानुष से सभी, करें आचरण रूड।
इसीलिए हम आजकल, रखते एटीट्यूड।।

पिछड़ा वो हर दौर में, चमक-दमक भी फ़ेड।
जो ख़ुद को करता नहीं, समय-समय अपग्रेड।।

बीपी शूगर से ग्रसित, उमर हुई है तीस।
एक करे दिन-रात वो, खोकर मेन्टल पीस।।

फुस्स पटाखे को सभी, कहें मिसाइल तोप।
अगर मिला है बॉस की, बटरिंग का (इ)स्कोप।।

'शी' ने कुछ भी लिख दिया, लाइक एक हज़ार।
'ही' लिख-लिख कर मर गया, मुश्किल से सौ पार।।

इस जीवन की दौड़ में, मिली उसे ही लीड।
जो प्लानिंग करके चला, नहीं महज स्पीड।।

करें अक़्ल-दिल का सदा, एक बराबर यूज़।
महज एक करता रहा, संबंधों को लूज़।।

मेरी हस्ती से सदा, खेल... करे इन्जॉय।।
जैसे बच्चे खेलते, लेकर अपने ट्रॉय।

जीवन के इस बल्ब को, होना इक दिन फ़्यूज़।
अच्छा है तब तक करें, इसका पूरा यूज़।।

हम भावुक वो प्रैक्टिकल, कैसे होता मेल।
वो जीवन में पास हैं, हम जीवन में फ़ेल।।

शक़ नफ़रत ईर्ष्या अहम्, द्वेष मिलाकर पाँच।
दिल के 'पॉकिट' में भरे, चुभे न क्यों फिर काँच।।

मीठा-मीठा बोलकर, वो करते हैं चीट।
सागर का पानी नहीं, हुआ कभी भी स्वीट।।

प्रतिदिन ख़ुद पर जो करे, समय ज़रा-सा खर्च।
गूगल पर उसको सदा, दुनिया करती सर्च।।

ये दोनों हैं 'पॉज़िटिव', रखना इन पर आस।
'साहस' कब दुर्बल हुआ, हारा कब 'विश्वास'।।

जब रिश्तों को दिल नहीं, 'ड्राइव' करती अक़्ल।
तब रिश्तों की जानिए, बिगड़ी सूरत-शक्ल।।

गेसू मुख पर देखकर, 'बादल' लिखता नोट।
''झाँक रही है चाँदनी, ज्यों बादल की ओट''।।

चोर, न ही चोरी दिखी, हुआ हमेशा फ़ेल।
हवलदार सोता रहा, डाल कान में तेल।।

मॉल सभ्यता में नहीं, भूला हाट-बज़ार।
डिजिटल युग में कर रहा, 'बादल' पत्राचार।।

बस इतनी-सी बात पर, प्यार हो गया शिफ़्ट।
मजनू अबकी फिर नहीं, लाया कोई गिफ़्ट।।

गूगल ने साहित्य को, क्या कम मारा मार?
चैट जीपिटी आ गया, करने बंटाधार।।

ख़ुशियाँ तेरी याद की, हैं ठिठुरन में हीट।
बच्चे को मिल जाय ज्यों, कोई विंडो सीट।।

अक्सर उसका ही गिरे, बिना हवा से टेंट।
जो सीलन पर कर रहे, तरह-तरह के पेंट।।

पुरुषोत्तम श्री राम

नारायण के सातवें, राम लला अवतार।
जग को प्रतिपल कर रहे, भवसागर के पार।।

राम एक हैं सभ्यता, विस्तृत एक विचार।
राम नाम सुमिरन करे, जीवन का उद्धार।।

त्याग, तपस्या तारते, मन के सारे पाप।
राम लला दर्शन करे, दूर सभी संताप।।

पिता दिये आदेश तब, तजे राज परिधान।
वल्कल वस्त्र पहन किये, राम विपिन प्रस्थान।।

बेर भले जूठे दिये, स्नेह बहुत था पाक।
शबरी के इस प्यार से, होते राम अवाक।।

मुख पर कितना ओज है, नील वर्ण में राम।
पुरुषोत्तम श्री राम की, हुई अयोध्या धाम।।

वसुधा का पूजन हुआ, खुला नया अध्याय।
पंच शतक के बाद है, मिला राम को न्याय।।

मनमोहन श्री कृष्ण

एक कृष्ण में देखिए, योद्धा, प्रेमी, ईश।
चतुर कूटनीतिज्ञ सँग, ज्ञानी सखा अधीश।।

कृष्ण रिझाएँ गोपियाँ, करें सभी से प्रीत।
मगर मुरलिया गा रही, बस राधा के गीत।।

जीवन का दर्शन दिखा, पढ़ गीता के ज्ञान।
एक सारथी ने किया, जीवन को आसान।।

करें सुदामा मित्र पर, तन-मन-धन कुर्बान।
मोहन ने समझा दिया, रिश्तों का सम्मान।।

लोक-लाज सब तज दिए, भूली सारे ढंग।
राधा ने ख़ुद को रँगा, बस कान्हा के रंग।।

कृष्ण हृदय में राधिका, राधा उर में श्याम।
राधे-कृष्णा हो गया, जग में पावन नाम।।

जब मथुरा को हैं चले, कान्हाँ गोकुल छोड़।
राधा बैठी सोचती, कैसा अंधा मोड़।।

राधा-मीरा-रुक्मिणी, तीनों से अनुराग।
मुरलीधर ने है दिया, सबको पूरा भाग।।

दीप पर्व

लक्ष्मी पूजन साथ है, अभिनंदन श्रीराम।
दीपों के इस पर्व पर, घर-घर चारो धाम।।

ज्योतिर्मय वातावरण, तिमिर हारता खेल।
दीया में बाती जली, भीग, नेह के तेल।।

नभ से तारे आ धरा, झिलमिल करें प्रकाश।
दीपों के इस पर्व पर, अद्भुत कनक उजास।।

दीपों ने है कर दिया, जगमग-जगमग रात।
जैसे लय में चल रही, जुगनू की बारात।।

हुई अमावस की यहाँ, बड़ी करारी हार।
कुछ दीपों के झुंड से, जगमग है संसार।।

चकाचौंध बाज़ार में, कैसी रेलमपेल।
त्योहारों में दिख रहा, बस पैसों का खेल।।

इस दीवाली कर दिया, मैंने भी घर साफ़।
ख़ुश हो मैडम ने कहा, ''मेरे बेटर हाफ़''।।

फागुन एवं बसंत

भूल गिले-शिकवे सभी, गले मिले सब लोग।
मेल-मिलापों का बना, होली पर संजोग।।

भस्म करें इस होलिका, मन के सारे द्वेष।
मिल-जुल कर रहिए सभी, जितने दिन हैं शेष।।

रंगों की भी धार है, व्यंग्यों की भी धार।
हर धारा में है छिपा, अंतस मन का प्यार।।

फागुन पर हर्षित हुआ, सतरंगी आकाश।
पीली सरसों देखता, झुक-झुक कर कैलाश।।

कौन कहे देता नहीं, कोई बीज अधेड़।
फागुन में हैं लग गए, बौर आम के पेड़।।

साली-सरहज देख कर, होली में दामाद।
खुलकर करते जा रहे, दो-अर्थी संवाद।।

फगुनाई बातें करे, तनिक न करता लाज।
ऊपर से भोला लगे, सजना ड्रामेबाज।।

उस बेवा की यूँ मनी, होली उसके गाँव।
चुटकी एक गुलाल की, पुत्र धरे बस पाँव।।

धानी चूनर ओढ़कर, धरा दिखाती लाज।
बासंती परिधान में, आये हैं ऋतुराज।।

स्वागत में ऋतुराज के, केसरिया हैं खेत।
महक रही हैं वादियाँ, पृथ्वी-गगन समेत।।

कानों में आने लगी, जब कोयल की कूँक।
सुप्त बदन में यूँ लगा, कोई मारे फूँक।।

ठिठुरन लेती जान है, नहीं शीत का अंत।
घर मे दुबके लोग हैं, कैसे लिखूँ बसंत।।

कोयल की कूँकें नहीं, नहीं आम पर बौर।
ऋतु बासंती है नहीं, ये मौसम कुछ और।।

रक्षाबंधन

धागा है ये सूत का, स्नेह करे मजबूत।
सम्बन्धों में प्रीत का, ये है सच्चा दूत।।

राखी का त्योहार जब, आता है हर साल।
बहिनों का घर आगमन, सजते पूजा थाल।।

तम में जब है डूबता, भाई थक कर हार।
बहिन ढाल बन आ गयी, करती माँ-सा प्यार।।

परदेसों में जा बसा, भाई घर से दूर।
बहिना रोये फूट कर, भाई भी मजबूर।।

बहिनों की हो ज़िन्दगी, बस रेशम की डोर।
उनके घर में हो सदा, सब ख़ुशियों की भोर।।

अबकी फिर से यूँ मना, राखी कर त्यौहार।
बेटी ने बाँधा उसे, सब बहिनों का प्यार।।

शीत ऋतु

ठंड गुलाबी दे रही, चुपके से आवाज़।
माह नवंबर में हुआ, सर्दी का आग़ाज़।।

हो गई बरखा विदा, हुई गुलाबी ठंड।
बदमाशी दिल में शुरू, मन होता उद्दंड।।

संदूकों को 'बाय' कर, बाहर आये तीन।
स्वेटर-जैकट सँग इनर, सारे फुल आस्तीन।।

कान ढके कनटोप से, स्वेटर बदन छिपाय।
'बादल' चुस्की ले रहा, अदरक वाली चाय।।

छत भी जिनकी है नहीं, ऊनी वस्त्र न गात।
उनको हत्यारिन लगी, ठिठुरन वाली रात।।

दिनकर के सँग आचरण, मानव करे विचित्र।
गर्मी भर दुश्मन कहे, सर्दी आते मित्र।।

खिली-खिली-सी धूप में, जोड़ों को आराम।
दद्दा लाठी ले चले, आकर बैठे घाम।।

दिनकर के दर्शन हुए, खुलते खिड़की-द्वार।
माँ ने डारे पर दिए, ऊनी वस्त्र पसार।।

कुहरा, नेता बन करे, मार्ग सभी अवरुद्ध।
कार चलाना यूँ लगे, जैसे लड़ते युद्ध।।

राजू टी (इ)स्टाल पर, राहगीर की भीड़।
जैसे पंछी आ गये, संध्या अपने नीड़।।

निर्धन जाड़े से लड़ा, लंबी साँसें खींच।
ठिठुरन का दम घोंटता, दोनों मुट्ठी भींच।।

मक्के की रोटी बनी, सँग सरसों का साग।
बैठ छतों पर खाइए, और खिलाएँ काग।।

मेथी-सरसों साग हैं, पालक-बथुआ साथ।
दादी अम्मा तोड़तीं, नाज़ुक-नाज़ुक हाथ।।

गर्मी में दिनकर करे, बड़ी-बड़ी-सी बात।
ठंडी दिखलाती सदा, दिनकर को औक़ात।।

नहीं नहाने के लिये, मेरे तर्क़ हज़ार।
मैं रेशम का वस्त्र हूँ, धुलता कभी-कभार।।

जाते-जाते कर रही, शीत हमें भयभीत।
जा अब जल्दी भाग तू, मानी तेरी जीत।।

पाँव जमाकर बैठती, ख़ौफ़ मचाए पूस।
ये भागे शायद तभी, चलो थमाएँ घूस।।

ग्रीष्म ऋतु

दिनकर से लोहा लिये, चुभे जेठ के शूल।
तभी पीत ये हो गये, अमलतास के फूल।।

कोयल बैठा कूँकता, नीम-आम की छाँव।
सुरमय सजतीं महफ़िलें, प्रतिदिन अपने गाँव।।

सरिता सूखी ताल सँग, प्यासे हैं सब जीव।
नींव हिली है ठंड की, गर्मी पड़ी अतीव।।

'बादल' कहता चीख कर, सब चल अपने गाँव।
तपती गरमी में मिले, शीतल-शीतल छाँव।।

आग बबूला हो रहे, दिनकर क्या है राज़।
'बादल' क्या तुमने किया, है इनको नाराज़।।

धरती तपती रात-दिन, सूखे पोखर ताल।
क्यों रूठे हो इंद्र तुम, 'बादल' करे सवाल।।

धूप कटीली-सी हुई, घर करिए आराम।
सूरज ने ला कर दिया, अम्बर का पैग़ाम।।

रवि अवसर पा कर करे, एक झुलसती चोट।
घात लगा कर झाँकता, है बादल की ओट।।

बंजर धरती आस से, ताके अम्बर ओर।
बरखा बहिना आ ज़रा, और लगा के ज़ोर।।

मेघों ने है कम किया, दिनकर का अभिमान।
बरखा लेगी आत ही, गरमी तेरी जान।।

शीतलता हूँ ढूँढता, मैं गर्मी के बीच।
अंतर्मन समझा रहा, 'बादल' पौधे सींच।।

ठेलों पर सजने लगे, ककड़ी खीरा आम।
खरबूजा तरबूज सँग, लीची मिले तमाम।।

वर्षा ऋतु

'बादल', बादल से कहे, बादल हो तुम ख़ास।
बादल–बादल बूँद हो, **बादल–बादल प्यास**।।

ताल भरे पोखर भरे, और भरे हैं कूप।
बादल आ कर पी गए, चुभने वाली धूप।।

झूले पर कजरी चली, लगी फफूँद अचार।
खटिया टाँग उठा रही, सावन आया द्वार।।

कहाँ मयूरा नाचता, कहाँ पपीहा गीत।
शहरों के विस्तार से, दृश्य गए ये बीत।।

गर्मी जब करने लगी, ताक़त पर अभिमान।
बरखा ने आकर तभी, ऐंठे उसके कान।।

जेठ दुपहरी में अभी, रिमझिम गिरे फुहार।
इंद्र देव बन माफ़िया, करें राज विस्तार।।

बारिश का है जश्न भी, और कहीं पर मार।
टूटा टपरा चू रहा, मुनियाँ भी बीमार।।

बरखा बुरा न मान तू, सीमा का रख ध्यान।
उतनी ही बरसात हो, जितना हो सम्मान।।

कहाँ बरसना है इसे, मेघ गया है भूल।
कहीं प्रलय का दृश्य है, कहीं उड़ी है धूल।।

सरकारी अमला हुआ, अबकी फिर से फ़ेल।
सड़को पर नाला बहे, ट्रैफ़िक रेलमपेल।।

प्रेम अधूरा-सा लगे, धरा तरसती प्रीत।
रूठी है बरखा बहिन, सावन जाता बीत।।

ठेलों पर भुट्टे सजे, खेत सजाते धान।
धानी-धानी भू दिखे, साथ पपीहा गान।।

कुछ अपनी तक़दीर भी, काश कि यूँ हो जाय।
रिमझिम गिरे फुहार जब, मिलें पकौड़े चाय।।

हमारा गाँव

जब छालों में हो गई, शुरू गुदगुदी पाँव।
राही तब तुम मानना, बहुत पास है गाँव।।

गन्ने से गुड़ बन रहा, गमका सारा गाँव।
दोना लेकर आ गये, बच्चे नंगे पाँव।।

गाँवों को भूले सभी, ले शहरों की आड़।
मिट्टी का घर ढह गया, दीमक लगा किवाड़।।

जब भी कुछ सूझा नहीं, दिखी न कोई आस।
तभी गदोरी भर मलें, खैनी 'राम विलास'।।

पंचायत महुआ तले, हुक्का पीती जाय।
बेला ये गोधूलि है, लौटें घर को गाय।।

सोहर भी गाते नहीं, नहीं चुमावन गीत।
किये तरक़्क़ी भूलते, सभी पुरानी रीत।।

ओसारे खटिया पड़ी, लेटे पाहुन ख़ास।
सरहज पूड़ी तल रहीं, बेना झलतीं सास।।

खुली हवा है गाँव की, कोने-कोने प्यार।
बूढ़ों को भाया नहीं, शहरों का विस्तार।।

परदेसों में ख़ूब है, अपना कारोबार।
गाँव खींचता पर मुझे, हर अवसर त्योहार।।

गाँव-गाँव खेती दिखे, दिखे बैल-खपरैल।
बँसवारी में रात में, छम-छम करे चुड़ैल।।

मेरा भारत महान

इसीलिए गाते सभी, हैं इसके गुणगान।
सर्व धर्म समभाव से, भारत हुआ महान।।

वसुधा पारस से भरी, जल में जिसके क्षीर।
वो भारत बस प्रेम दे, कभी न देता पीर।।

यही हमारी सभ्यता, यही हमारा मूल।
धरती माँ को पूजते, माथ लगाते धूल।।

निज भाषा, निज संस्कृति, निज सीमा, निज ज्ञान।
जो इनका सुमिरन करे, मानुष वही सुजान।।

पाँच तत्व हमनें कहा, दिया शून्य सँग ध्यान।
दुनिया के गुरु हम हुए, दे खगोल का ज्ञान।।

भारत ने सीखा अभी, वर्षों करके भूल।
फूल मिले तो फूल दो, शूल मिले तो शूल।।

संविधान पारित हुआ, सभी मनाएँ हर्ष।
स्वर्ण अक्षरों में लिखा, भारत का उत्कर्ष।।

देखे सबको एक-सा, माने एक समान।
विधि विधान का रूप है, हिन्द का संविधान।।

मुसलमान हिन्दू सभी, सिख ईसाई एक।
लोकतंत्र बतलाइए, कहाँ मिले यूँ नेक।।

राजनैतिक एवं चुनावी

कौवा, कोयल हो गया, जब-जब हुए चुनाव।
बाहर से कूँ-कूँ करे, अंदर-अंदर काँव।।

सब कुछ मिलता है यहाँ, नेता के इस शॉप।
कुर्सी भी बिकती कभी, बिकता लॉलीपॉप।।

इनकी या उनकी बने, हो कोई सरकार।
महँगाई की लाठियाँ, ख़्वाहिश देतीं मार।।

उनको उनके राज में, ख़ूब लगाया तेल।
बिगड़ा इनके राज में, अफ़सर तेरा खेल।।

दंगल सीढ़ी-साँप-सा, कहीं स्वार्थ का जाप।
राजनीति बनवा रही, अभी गधों को बाप।।

निर्धन के भगवान बन, बना लिये सरकार।
कुछ दिन में फिर तन गए, महल-हवेली चार।।

राजनीति है चाहती, शिक्षा का हो ह्रास।
चोरों को भाता भला, कब है भोर उजास।।

अभी राष्ट्र हित में करें, बस इतना अवदान।
दिन विशेष पर साथियो, मत भूलें मतदान।।

नेता तू है बाँटता, जिस जनता को नोट।
समझदार ये जानती, तेरे मन का खोट।।

जनता भी कुछ कम नहीं, देती दिल पर चोट।
ये जेबों में नोट धर, करे विरोधी वोट।।

वीर शहीद - पुण्य स्मरण

पिता हुए निःशब्द हैं, मौन करे मन शोर।
माँ पागल हो खोजती, कहाँ छिपा चितचोर।।

'देश प्रथम' कहकर उठा, चला मुक्ति के धाम।
कुल का दीपक बुझ गया, माँ भारत के नाम।।

पिता कहीं वो पुत्र है, भ्रात कहीं सिन्दूर।
सरहद पर तज प्राण वो, गया सभी से दूर।।

सरहद पर खो पुत्र को, हृदय मचा है शोर।
अँधियारा जीवन हुआ, उगे न उजली भोर।।

बहिनें तकती ही रहीं, निज भाई की राह।
भाई ने सरहद लिया, प्रभु की चरण पनाह।।

सरहद पर दो देश के, दो माँ की औलाद।
'ख़ालिद' दुश्मन देश का, भारत का 'प्रहलाद'।।

सिर पर बाँध लिये क़फ़न, सरहद सभी जवान।
निज माँ आँचल से बड़ी, भारत माँ की शान।।

सरहद हत्यारिन हुई, लेती लाखों जान।
फिर भी सारे देश की, सरहद ही पहचान।।

ख़ाकी का सम्मान

चाँद उगा पर ना हुआ, पति का फिर दीदार।
ड्यूटी करवाचौथ पर, करते थानेदार।।

चौबिस घंटे सात दिन, और सभी त्यौहार।
ख़ाकी ड्यूटी कर रही, भूल गाँव-परिवार।।

हफ़्ते में दिलवाइए, छुट्टी इनको एक।
फिर देखें ख़ाकी करे, अच्छे काम अनेक।।

हरदम फ़िल्मों में दिखा, नकारात्मक रोल।
ख़ाकी का यूँ गिर गया, जनमानस में मोल।।

मानव अच्छे सँग बुरे, मिलते सभी विभाग।
बस ख़ाकी के ही लिये, क्यों नफ़रत के राग।।

इनमें भी भाई-पिता, इनमें भी इन्सान।
ख़ाकी में भी है छिपा, भावों का रसखान।।

बच्चों को न डराइए, ले ख़ाकी का नाम।
मदद हमारी ये करें, हम करते बदनाम।।

पुरुषों से है कम नहीं, महिलाओं की शान।
ख़ाकी में सब बेटियाँ, भारत का अभिमान।।

बेटी कर के सो गई, पापा जी को याद।
ख़ाकी की ड्यूटी लगी, साँझ ढले के बाद।।

नेक नागरिक बस रखें, ख़ाकी पर विश्वास।
अपराधी में ख़ौफ़ हो, ख़ाकी करे प्रयास।।

जागो रे इंसान अब, बदलो अपनी सोच।
ख़ाकी अपनाओ अभी, बिना किसी संकोच।।

भारत-चीन (गलवान घाटी युद्ध)

घुसपैठी चीनी सभी, किये तिरालिस ढेर।
अब गीदड़ के सामने, हैं भारत के शेर।।

चीनी ने हम पर किया, भाई कहकर वार।
बल से लड़ते युद्ध हम, छल इसका हथियार।।

बिना छुए ही कर रहा, भारत उसपर चोट।
चीनी वस्तु व ऐप हैं, बैन... बताकर खोट।।

अब हमसे है हारता, कूटनीति में चीन।
इतना तो पहले कभी, दिखा नहीं है दीन।।

चीनी को टक्कर मिली, जब हमसे बेजोड़।
तब हमसे वो मिल रहा, सभी मंच 'कर' जोड़।।

धारा 370

एक ध्वजा अब देश में, सबका एक विधान।
साल बहत्तर लग गए, पाने में सम्मान।।

धारा सत्तर तीन सौ, दफ़न हुआ है आज।
अब भारत माँ का हुआ, इंच-इंच पर राज।।

फिर से होगा स्वर्ग अब, यह अपना कश्मीर।
ख़ुश्बू केसर की घुले, गाएँ पीर-फ़कीर।।

पहलगाम-गुलमर्ग भी, मना रहे त्योहार।
आज़ादी आतंक से, और बढ़े व्यापार।।

कश्मीरी भाई-बहिन, स्नेह करो स्वीकार।
स्वागत करते फूल से, भूलो तुम भी ख़ार।।

किया सही इतिहास है, किया सही भूगोल।
पाप धुला कश्मीर का, बिना बजाए ढोल।।

पकड़-पकड़ दुश्मन सभी, ऐंठे ऐसे कान।
अब अपना कश्मीर भी, पूरा हिन्दुस्तान।।

बोल पड़ी नव-ब्याहता, होकर बहुत अधीर।
अपन मनाएंगे अभी, हनीमून कश्मीर।।

ढोंग एवं पाखंड

जब गुरु अपना खोजिए, मति का करें प्रयोग।
पलक झपकते लूटते, कुछ ढोंगी से लोग।।

आँख मूँद करते रहे, इसपर सभी यक़ीन।
सभी सपोले नाचते, गुरू बजाता बीन।।

गीता ये जानें नहीं, जानें नहीं कुरान।
ठोंगी बाबा का सभी, खींचो जमकर कान।।

उससे बचना जो कहे, ख़ुद को सबसे सिद्ध।
ऐसे सिद्धों में छिपे, धूर्त-लालची गिद्ध।।

बंद करें तत्काल ही, धर्मों की दूकान।
अधिक हवा लेती सदा, गुब्बारे की जान।।

जिससे ज़्यादा धन मिला, दर्शन उसे विशेष।
अब दलाल हैं घूमते, धर पंडित का भेष।।

पंडित करते लॉन्च हैं, नव ऑफ़र हर साल।
भक्तों में यूँ खोजते, ग्राहक मालामाल।।

माँसाहार के विरुद्ध

चंद मिनट पहले यही, ले रहा था साँस।
खा रहे हो चाव से, तुम सब जिसका माँस।।

पशु-पक्षी में भावना, मानव के ही रूप।
काट इसे तुम पी रहे, कहते टेस्टी सूप।।

जगा रहा था बाँग दे, मुर्गा प्रातः काल।
उसको ही सब ने किया, मिलकर यहाँ हलाल।।

चुभी ज़रा-सी पिन तुझे, निकले मुख से चीख।
काटा गर्दन, खा गया, ये कैसी है सीख।।

पंछी को तुम प्यार दो, तुम पर छिड़कें जान।
पढ़े-लिखे मानव मगर, अंतस है अज्ञान।।

बेज़ुबान ये हैं नहीं, इनमें भी जज़्बात।
अपनी भाषा में करें, पशु-पक्षी भी बात।।

वर्तमान कवि मंच

जाने कैसा चल रहा, है यह अदबी खेल।
मंच लतीफ़े हिट हुए, कविता होती फ़ेल।।

मान घटा है मंच का, बदली सारी रीत।
तीस मिनट की बतकही, तीन मिनट का गीत।।

जो ज़्यादा चिपके रहे, माइक थामे मंच।
कविता के वो नाम पर, केवल करें प्रपंच।।

जब-जब देखूँ दृश्य ये, मन में उठती टीस।
कवयित्री है मंच पर, बन केवल शो पीस।।

ऐसा ही अब चल रहा, मंचों का व्यापार।
चाटुकार को मंच है, स्वाभिमान लाचार।।

फूहड़ता को फूल से, सभी रहे हैं लाद।
अच्छे लेखन को मिली, बस मुट्ठी भर दाद।।

श्रोतागण भी कम नहीं, होते ज़िम्मेदार।
जो मंचों पर चुटकुले, करते हैं स्वीकार।।

दस प्रतिशत ने है रखा, फूहड़ता को रोक।
नब्बे प्रतिशत मंच पर, हैं दो अर्थी जोक।।

वाह रे सम्मान

प्रतिभा का सम्मान से, दिखे नहीं अब मेल।
मुकुट उसे जो जीतता, साम-दाम का खेल।।

डॉलर उनको मानकर, मत करना सम्मान।
दो कौड़ी के लोग को, होता तभी गुमान।।

'बादल' इसको मानिए, चारित्रिक अवसान।
भूल हंस, वो कर रहे, कौवों का सम्मान।।

सबको देखो लग गया, बड़ा मानसिक रोग।
माथा देख लगा रहे, तिलक आजकल लोग।।

दो कौड़ी का आदमी, सौ डॉलर का भोग।
टूटे-बिखरे काँच-से, हीरे जैसे लोग।।

शक्ल देखकर बँट रहे, अब अक्सर सम्मान।
सम्मानों का क्या नहीं, 'बादल' ये अपमान?

सम्मानों का आज तक, समझा नहीं रहस्य।
संस्था कहती फ़ीस दो, पहले बनो सदस्य।।

साम-दाम अपना रहे, जो पाते सम्मान।
प्रतिभा का सबने किया, निर्मम काम तमाम।।

ख़ुशी-ख़ुशी घर जा मनुज, लेकर यह सम्मान।
बछिया के मत दाँत गिन, मिली तुझे जो दान।।

जिसे न हीरे की क़दर, वो रोए फिर बाद।
बंदर ने जाना भला, कब अदरक का स्वाद।।

बैठे पीछे पाँत में, मान मिला है अल्प।
पर मुश्किल में साथ दे, केवल वही विकल्प।।

मजबूर मज़दूर

थकन तोड़ती है बदन, कितना है मजबूर।
गमछा ओढ़ा चल दिया, खेतों में मज़दूर।।

खाँसी-दमा न देखता, करता दिन भर काम।
बच्चों की सब ख़्वाहिशें, हिम्मत भरें तमाम।।

पूँजीवादी लूटते, मिलकर देश तमाम।
देश तरक़्क़ी मैं लिखूँ, मज़दूरों के नाम।।

ख़ुशियाँ मृगतृष्णा हुईं, मज़दूरों की आज।
तुम कहते हो आ गया, अपने देश सुराज।।

फिर मज़दूरों के सभी, क्यों टपके खपरैल।
वो खटते जब रात-दिन, ज्यों कोल्हू के बैल।।

पगडंडी को छोड़कर, सड़कों की है चाह।
महानगर में आ हुआ, अब 'हरिया' गुमराह।।

महानगर की झोपड़ी, 'हरिया' की औक़ात।
दिन ईंटा-गारा बिता, झुग्गी बीती रात।।

निर्धन व्यथा

सेहत से रोटी बड़ी, तभी रहा वो खाँस।
भर गुब्बारा बेचता, बूढ़ा अपनी साँस।।

चादर पर चादर चढ़ी, मोटी हुई मज़ार।
वहीं ठिठुर कर मर गया, इक बूढ़ा लाचार।।

किसने छीने बोलिए, बचपन के अंदाज़।
'बादल' रोता देखकर, बच्चे उम्रदराज़।।

पैरों में चप्पल नहीं, कपड़ा नहीं शरीर।
यूँ भी देखा कीजिए, भारत की तस्वीर।।

पिज़्ज़ा बर्गर से सजे, कहीं घरों में थाल।
कहीं दुकानें ताकते, कुछ गुदड़ी के लाल।।

नाम कटा (इ)स्कूल से, निर्धन भरा न फ़ीस।
रह-रह कर उठती रही, एक पिता की टीस।।

उस नामी (इ)स्कूल में, बच्चे एक हज़ार।
मगर न निर्धन को मिला, शिक्षा का अधिकार।।

विद्यालय सब ढह गए, सरकारें सब क्रूर।
बच्चे कुहरा चीरते, निकले बन मज़दूर।।

स्वप्न लिए निज गाँव हो, पक्का एक मकान।
बच्चे कच्ची उम्र में, किये शहर प्रस्थान।।

सरकारी योजन सभी, होते खस्ता हाल।
फुटपाथों पर आज तक, हैं गुदड़ी के लाल।।

तब जाकर के है भरा, एक सेठ का पेट।।
निर्धन का तन–मन किया, जब उसने आखेट।

भूखों को हम भूलकर, खाते छप्पन भोग।
पचा गए भोजन सभी, हम पत्थर के लोग।।

कृषि से कैसे अब निभे, उस किसान की प्रीति।
मौसम ने मारा कभी, कभी सियासी नीति।।

उस किसान पर गिर रही, ऋण की ऐसी गाज।
मूल चुका पाता नहीं, बढ़ता जाता ब्याज।।

हरिहर बिटिया ब्याहने, रहा रात भर जाग।
जोड़-घटाना कर रहा, कभी गुणा औ' भाग।।

स्वाभिमान गिरवी रखा, पाँव रखा दस्तार।
पर बिटिया की ना उठी, डोली फिर इस बार।।

आँखों में ख़ुशियाँ भरे, रहा सभी को ताक।
उतरन भी उस रंक को, लगे राज पोशाक।।

यही चरम है भूख का, और यही संत्रास।
भूख, भूख को खा रही, प्यास पी रही प्यास।।

रौब लिखे हर बार ही, वो जो रखे रसूख।
वो लिखता बस बेबसी, जिसने देखी भूख।।

युग प्रवर्तक-मुंशी प्रेमचंद

ख़ूब पढ़े हर वर्ग का, मुंशी मन-विज्ञान।
सारे पात्रों में तभी, देखो फूँके जान।।

शब्द-शब्द में भाव है, अक्षर-अक्षर पीर।
मुंशी जी को जब पढ़ूँ, नैनन बहते नीर।।

क़लम चली ऐसी सदा, मुंशी जी की नीक।
गाँव, ग़रीबी, भुखमरी, चित्रण किये सटीक।।

'होरी' की है बेबसी, कहीं 'निर्मला' नीर।
मुंशी जी चुनते सदा, विषय बहुत गंभीर।।

रंगभूमि, सेवासदन, कर्मभूमि, गोदान।
गबन, प्रतिज्ञा साथ ही, अलंकार, वरदान।।

ईदगाह, क़ातिल, नशा, गुल्ली-डंडा, मंत्र।
बूढ़ी काकी सँग कफ़न, कसे हुए हैं तंत्र।।

पानी रे पानी

जिनको आती है शरम, उनका ऐसा हाल।
पानी-पानी कुछ हुए, कुछ के मुखड़े लाल।।

स्वार्थ सिद्धि का बढ़ चला, ऐसा कारोबार।
आँखों का पानी मरा, मरा ह्रदय का प्यार।।

बादल में पानी छिपा, कभी छिपा है कूप।
पानी बिन जीवन नहीं, यही प्रलय का रूप।।

कितने भी गुणवान हो, तुम हो चाहे धीर।
पानी पर मत खींचना, कोई कभी लकीर।।

जल संरक्षण कर ज़रा, हो जा तनिक सचेत।
खायेगा फिर क्या भला, जब सूखेंगे खेत।।

जल से जीवन जानिए, जल से बुझती प्यास।
जल भोजन का स्रोत है, खेती जल के पास।

सब तुमसे जैसा करें, वैसा हो व्यवहार।
साँचे के अनुरूप ज्यों, पानी ले आकार।।

कोरोना विशेष

(1) दुर्दिन

तन पर पहरा लग गया, लोग घरों में बन्द।
मन विचरण करता रहा, सकल जगत स्वच्छन्द।।

बातें उल्टी मैं कहूँ, फिर भी रखें सहेज।
अफ़वाहों की चाल है, कोरोना से तेज।।

हुआ टिकोरा बौर से, और हुआ फिर आम।
दृश्य चढ़ा ये भेंट है, कोरोना के नाम।।

ये कहते चाणक्य हैं, "छिप कर रहिए आप"।
दुश्मन अगर अदृश्य हो, बन जाता अभिशाप।।

घर ख़ुशियों से थे भरे, आज हुए बर्बाद।
कोरोना में लोग अब, जीते हैं अवसाद।।

गंगा-जमुना-नर्मदा, स्वच्छ हुईं हैं आज।
कोरोना ने है किया, कुछ तो अच्छा काज।।

(2) कठिन डगर

महानगर रोज़ी छिनी, जब मुश्क़िल हालात।
'हरिया' ने जानी तभी, धनिकों की औक़ात।।

कहीं न मिलती ट्रेन जब, छूटी 'बस' की आस।
'हरिया' ने फिर कर लिया, पैरों पर विश्वास।।

'हरिया' गठरी टाँगकर, कंधे रख परिवार।
पैदल चलता गाँव को, पारा चालिस पार।।

दिखे न छाले पाँव के, गाँव दिखे बस नैन।
अपनी माटी चूमने, 'हरिया' है बेचैन।।

मिले न भोजन-जल कहीं, मिलीं लाठियाँ चार।
समय-सताए लोग से, ये कैसा व्यवहार।।

सब दुःख हँसकर सह रहा, नहीं सोचता चैन।
बच्चों की तकलीफ़ से, अश्रु भरे हैं नैन।।

सड़क नापते पाँव से, तोड़े सड़क गुरूर।
चले सैकड़ों मील तब, गाँव दिखा कुछ दूर।।

महिला-बच्चे कम नहीं, हिम्मत रखें विशाल।
माटी चूमी गाँव की, तभी रुकी है चाल।।

(3) मदिरा की प्यास

लगी ख़बर अब खुल गया, मदिरा का बाज़ार।
जितने भी शौक़ीन थे, आकर खड़े कतार।।

चालिस दिन की है तड़प, दिखती इनके फ़ेस।
मदिरा दिखते आ गया, अब चेहरे पर ग्रेस।।

पहला पैग ढकेलते, जगती जीवन आस।
युगों-युगों की देखिए, तृप्त हुई है प्यास।।

मदिरा अमृत मानते, इस कलियुग कुछ लोग।
शाम-सुबह अब लग रहा, चखने के सँग भोग।।

ज़ात-धरम सब भूल कर, एक हुए सब तात।
मंदिर-मस्ज़िद की नहीं, मदिरालय की बात।।

मदिरा सेवन जो करे, करता सबकुछ नाश।
मदिरा लेती है जकड़, नागों का ज्यों पाश।।

नारी विमर्श

'बादल' कहता देखिए, इन दोहों में चित्र।
माँ पत्नी बेटी लिखा, कुछ में बहिनें मित्र।।

बिछिया नथ पायल कड़ा, बाली मंगल सूत।
लाली काजल नैन में, बिंदिया गोदी पूत।।

माँ पत्नी बेटी बहिन, दादी ननदी सास।
चाची सखि मौसी बुआ, भाभी साली ख़ास।।

जब-जब भी 'बादल' चला, नारी मन की राह।
उसको सागर-सी लगी, नारी सदा अथाह।।

सहनशीलता की सदा, नारी रही मिसाल।
'शक्ति स्वरूपा' सत्य है, 'अबला' एक ख़याल।।

तन-मन में हैं घुल गए, मानवता के रंग।
प्रेम त्याग ममता हया, सब नारी के संग।।

घर में गृहिणी है कुशल, दफ़्तर कुशल प्रबंध।
नारी के इक गीत में, बहुतेरे हैं बंध।।

काम सुबह से रात तक, फिर भी मुख मुस्कान।
नारी सोती रात जब, दिखती तभी थकान।।

शीतलता है चाँद-सी, सूरज जैसी तेज़।
माथे की बिंदी दिखे, हर गुण से लबरेज़।।

अद्भुत रचना ईश की, नारी तभी सशक्त।
जग से लोहा ले रही, नहीं 'आयरन' रक्त।।

इसी प्रश्न पर देव तुम, आँखें लेते मूँद।
क्यों नारी के भाग में, हरदम आँसू-बूँद।।

नारी पर तुमने किया, हर युग में संदेह।
पर तुमने देखा नही, नैनन निश्छल नेह।।

नारी तेरी अस्मिता, हरदम लगती दाँव।
खेल जुआ हारे कभी, कभी बेड़ियाँ पाँव।।

देवी पूजन सँग करें, नारी का अपमान।
ऐसे मानुष का कभी, हुआ नहीं उत्थान।।

ग्राम-प्रधानी भी लड़े, गोबर लीपे द्वार।
सभी गुणों से है भरी, आज गाँव की नार।।

माँग भरे सिन्दूर से, पहिने मंगल सूत।
'लाजो' पत्थर ढो रही, बाँध पीठ पर पूत।।

उस नारी को देखता, झुक-झुक कर कैलाश।
ईंटा-गारा ढो रही, नहीं एक अवकाश।।

कर के कन्या दान तुम, करते बेटी दूर।
ये कैसी है बेबसी, ये कैसा दस्तूर।।

पसरी हैं ख़ामोशियाँ, किससे बोले कौन।
बेटी जब होती विदा, शहनाई तक मौन।।